義妹にちょっかいは無用にて❷

駄月基矢

庫

目次

主な登場人物

大平将太（二〇）

大平家の三男坊。六尺豊かな偉丈夫。手習所・勇源堂で師匠を務める傍ら、中之郷の旗本屋敷にも手習いを教えに行っている。「鬼子」であった過去を恐れ、極端なほど慎重に自分を律している。義妹の理世をことのほか大切にしている。

大平理世（一八）

将太の義妹。長崎の薬種問屋の娘で、江戸での縁談のため大平家の養女となったが、相手方の事情により破談。長崎にも戻れず、そのまま大平家の娘として暮らしている。舞を舞ったり月琴を弾いて唐話（中国語）の唄を歌ったりなど、芸事が得意。

大平家

邦斎（五二）……将太の父、医者。医療において貴賤なしという信念を持ち、誰に対しても厳格な態度を貫く。将太や仲間たちの自由闊達な学問塾の夢に真っ向から反対する。

君恵（五〇）……将太の母。寡黙な邦斎の代わりに、きびきびとした物言いで口数が多い。旗本出身。健康的な体つきで年齢を感じさせない。

丞庵（二九）……将太の長兄、医者。大平家の嫡男。もともと物静かな上、多忙を極めるため、妻とすれ違いが生じている。

初乃（二六）……丞庵の妻。旗本出身。おとなしく、体つきも儚げな印象。

卯之松（七）……丞庵の息子。友達がほしくて勇源堂の筆子になる。

臣次郎（二八）……将太の次兄、医者。独り身で神出鬼没。いつも将太をからかうようなそぶりを見せる。

カツ江（六〇）……大平家で古くから働いている女中。他の奉公人に「鬼子」として疎まれる将太に対し、辛抱強く世話を焼き続けている。

長谷川桐兵衛（五二）……大平家の用人。顔かたちや体つきが四角く、態度も四角四面。理世はこっそり「真四角」と名づけている。

ナクト……理世が長崎から連れてきた黒い雄猫。名はオランダ語で「夜」を意味する。曲がった尻尾は生まれつき。屋敷では「クロ」と呼ばれている。

イラスト／Minoru

将太の学問仲間

吾平(二一)…………将太が寄宿していた儒者の屋敷の下男。主が長崎へ行ってしまったのを機に、江戸に出てきて将太のそばで働く。

霖五郎(二三)…………紀州の裕福な材木問屋の末息子。多様な学派を渡り歩いてきたため博識だが、各方面から敵視・嫉妬されている。

朱之進(二三)…………江戸でたまたま仲間に加わった。算術に秀でている。旗本の子息であるらしく、姓は「橘」と名乗るが……。

元祖・兄妹チーム

白瀧勇実(二六)…………前シリーズ「妹おり」の主人公。今は昌平坂学問所で史学の教導の任に就いている。もとは手習いの師匠をしていた。将太にとって恩師の一人。

菊香(二二)…………勇実の妻。おっとりしているように見えるが、剣術や体術は相当な腕前。家事の達人で、ぐうたらなところのある勇実をよく支えている。

矢島龍治(二四)…………剣術道場の跡取り息子で師範代。小柄だが身のこなしが巧みで、凄まじく強い。将太が「鬼子」だった頃からの剣術の師匠。

千紘(二〇)…………龍治の妻で、勇実の妹。将太とともに手習所・勇源堂の師匠を務めている。しっかり者で元気がよく、将太にとって姉のような存在の幼馴染み。

手習所・勇源堂と矢島道場

白太(一四)……絵が得意。虫や草木に詳しい。

桐(一二)…………御家人の娘。女の子のリーダー。

久助(一二)……鳶の子。男の子のリーダー。

良彦(一二)……鋳掛屋の子。久助の相棒。

十蔵(一〇)………かわいい顔のしっかり者。

丹次郎(一一)…炭団売りの子。弟妹が多い。

淳平(一三)………御家人の子。算術が得意。

鞠千代(一〇)…勇実の筆子。神童と呼ばれる

寅吉(二〇)…………矢島道場の門下生で下っ引き。剣術の腕はからっきしだが、聞き込みは得意。筆子たちからは友達扱いされている。

浅原直之介(三四)…………矢島家の隣の屋敷に住む、独り身の御家人。英雄物語の本をたくさん持っており、筆子たちに懐かれている。将太たちが目指す自由闊達な学問塾にも賛同の意を示す。

義妹《いもうと》にちょっかいは無用にて②

第一話　理世《りよ》の縁談、再び

一

片岡家《かたおか》の安千代《やすちよ》は、大平将太《おおひらしょうた》の教え子の一人だ。

とはいっても、手習所《てならいじょ》「勇源堂《ゆうげんどう》」の筆子《ふでこ》ではない。中之郷《なかのごう》に屋敷を構える旗本《はたもと》の子息、安千代のもとに、将太が個別に教えに来てくれているのだ。

これは三年前、文政《ぶんせい》四年（一八二一）の秋頃のことだ。

当時七つの安千代が九九につまずいたのには秘密があった。四《し》の段が怖《こわ》いせいだった。なぜ大人はこの怖さをまったく感じないのだろうかと思うと、それがまた怖かった。

大人には安千代の心が通じない。きっと話しても伝わらない。だから安千代は黙っていた。何も言わないまま、頑《がん》として九九を覚えることを拒んでいた。四の段なんか耳に入れたくもなかった。

安千代の家、片岡家は五百石取りの旗本で、屋敷は広いし奉公人も多い。安千代にとって、生まれ育った屋敷もまた、知らない部屋だらけの怖い場所だった。

だから、どうしても縮こまってしまう。この屋敷の中で声を出すのも人と話すのも、苦手だ。

片岡家の大人たちにとって、安千代という病弱な次男坊は、何とも扱いづらい子供だった。利発なお坊ちゃんだと医者の大平邦斎《ほうさい》先生は太鼓判《たいこばん》を押すのだが、それについて首をかしげたくなるようなときが、屋敷の大人たちにはあった。

何しろ、安千代は九九ができない。教わり始めて一月、二月と経っても、なぜか身につかない。ただ繰り返し唱《とな》えて覚えればいいだけの九九に、なぜそんなにも手こずっているのか。

安千代の両親は頭を抱えていた。この病弱な次男坊は気難しいと言おうか、両親にも兄にも本心を見せない。

屋敷の奉公人たちは心配しつつも、やはり安千代坊ちゃまは少々お知恵が云々《うんぬん》と、どこかおもしろおかしそうに噂をささやき交わしていた。

だが、手習いの師匠として片岡家に呼ばれることとなった大平家の三男坊、将太先生は、ほかの大人とは違っていた。

書き取りの稽古《けいこ》ではちゃんと話を聞く安千代が、「九九」の一言を聞いた途端、耳をふさいでしまう。目まできつく閉ざして、とにかく頑固《がんこ》な様子で黙り込むのだ。

将太先生は驚き、心配し、大きな手で安千代の痩《や》せた背中をさすり、おろおろして、何度も謝った。

「俺が何か嫌なことを言ったんだろう？　怒らせてしまったか？　ごめんな。だが、本当に申し訳ないんだが、俺は察しが悪いんだ。何がまずかったのか、自分ではちっともわからん。だから、話すのも嫌かもしれんが、もしできるなら、何が駄目だったのかだけ教えてほしい」

二度、三度と安千代が同じことをしても、将太先生はそのたびにうろたえて謝った。大きな大きな体をできる限り縮めて、うずくまる安千代よりも低くなろうとするかのように、ほとんど這《は》いつくばって頭を下げた。

何て変な人だろう、と安千代は思った。

将太先生は無役《むやく》の御家人《ごけにん》の子息だ。旗本の子息の安千代より立場は低い。

とはいえ、将太先生はとうに元服を終えた十七の大人である。それが、たった七つの安千代に何度も頭を下げている。手習いの師匠として片岡家の屋敷を訪れているのだから、教わる側の安千代より偉そうにしていたっておかしくないのに。

安千代は、とうとうほだされた。九九を口にすることができない本当のわけを、将太先生に教えたのだ。

「だって、『し』という響きは縁起が悪くて、取り憑《つ》かれて呪《のろ》われるんだ」

「し？　いろは歌の終わりのほうの、あさきゆめみしの『し』か？」

「そう。私が熱を出して寝込むと、母上やお祖母《ばあ》さまが女中を叱《しか》る。食べ物でも花でも『し』が頭につくものは駄目だ、『死』に通じるから命を縮めるのに、そんなものをこの子の部屋に持ち込むなんて悪い女中だって」

し、と口にするたびに呪われてしまう気がしてくるから、打ち明け話をしながらも、安千代は怖かった。

将太先生は、もともと大きな目をくっきりと見張って、安千代の話を聞いていた。それから、感心した様子で安千代の肩をそっと叩いた。

「母上やお祖母さまの言葉をそんなにもきちんと心に刻んでいるのか。七つなのに、安千代はすごいな。俺が七つのときは、安千代とは比べることもできないくらい、本当にめちゃくちゃだったぞ」

叱られなかった。笑われなかった。呆《あき》れられたり馬鹿にされたりもしなかった。それどころか、すごいなと誉《ほ》められてしまった。

安千代はさらに勇気を出して言ってみた。

「だから、四の段は全部『し』から始まるから、呪いの言葉みたいで嫌だ」

「だったら、七の段もそうか？」

安千代はうなずいた。

「……大人は、避けてないみたいだけど」

「ああ、なるほどな。確かにそうかもしれない。安千代、話してくれてありがとう。おかげで、安千代が考えていることがよくわかった」

「本当に？」

「うん。気がつかなくて、すまなかったな」

「べ、別に謝らなくても……」

将太先生はかぶりを振って、真面目な目をして言った。

「俺はめったに熱を出すことがないから、安千代が倒れてしまうときも、どのくらい苦しいのかわからん。そのせいで、何の力にもなれないどころか、ろくな言葉を掛けることすらできない。それを我ながら情けなく思うんだ。だから、今みたいに、はっきり言葉にして教えてもらえると助かる」

「前から思ってたけど、あなたは変な人だね。大人は何でもわかっているものでしょ。少なくとも、わかってるふりをするでしょ。あなたは、そうじゃないんだ」

わからないことがあるのだと、ちゃんと口にしてくれる将太先生は、ほかの大人とは違う。

将太先生は気まずそうにちょっと笑って頭を掻《か》いた。

「俺はまったくもって未熟だからな。歳は安千代より十《とお》も上だし、体だけは並みの大人よりよほど大きいが、中身はてんで駄目なんだ」

「そんな駄目な人が、私に手習いを教えるの？」

「駄目な師匠で、すまないな。本当に至らないところだらけだよ。何しろ、誰かに手習いを教えるのは、これが初めてなんだ。安千代より長いこと手習いや学問をやっていたというだけで、少しも師匠らしくはないと自分でも思う」

将太先生は、自分の言葉に「うん、うん」とうなずいていた。

それから、はっとした顔になって、自分自身の鼻のあたりを指差した。

「安千代が俺の名を呼んでくれないのも、将太だからか？　ひらがなで書いたら、『し』から始まるよな。俺は先日、安千代の前で初めて名乗ったとき、ひらがなで自分の名を書いてみせたものな」

「名前を呼んだことがないって気づいてたの？」

「気づいていたとも。いや、呼びにくいなら、無理して呼ばなくったっていいんだ。俺はもう事情がわかったから。そうだ、別の名前を安千代が考えてくれ。たとえばだな、将太を逆にして太将《ふとまさ》なんてどうだ？　ぴったりだろう」

「えっ？」

「九九も、そうだな、縁起が悪い読み方ではなく、別の読み方で覚えてしまおう。『よん』や『なな』にしてしまえばいい。俺も覚え直すぞ。よいちがよん、よにがはち、よさんじゅうに」

言いにくそうにしながら奇妙な九九を唱え始めた将太先生に、安千代は笑ってしまった。腹を抱えて笑い転げた。一緒になって笑いだす将太先生は、しかつめらしくて厳《いか》めしい旗本の父とはまるで違う。

本当に変な大人だ、と思った。でも、この人なら、安千代をたびたび襲いに来る病魔なんか、やっつけてしまえるかもしれない。

それから安千代は、将太先生が手習いを教えに来てくれる日を楽しみに待つようになった。「よん」の段と「なな」の段がある九九を覚えたのを皮切りに、安千代は、将太先生が教えてくれることを次々と呑み込んでいった。

やがて、将太先生の父で医者の邦斎先生がお墨つきを与えたとおり、安千代坊ちゃまは実に利発だと、誰もが認めるようになった。

二

「ちょっと、将太先生に訊《き》きたいことがあるんだけれど」

将太は、妙に硬い顔をして安千代が言うので、首をかしげた。

「改まって、どうしたんだ？」

七つの頃には「し」から始まる将太の名を呼べなかった安千代だが、いつの間にか平気になっていた。憂《うれ》いを帯びた安千代の顔つきに、何だか大人びてきたなあ、と将太は思う。

「将太先生は、市ヶ谷《いちがや》まで通うのは難しい？」

「市ヶ谷？　通うというのは？」

「今みたいに、四の段の日に私の手習いのために通ってくれることは、屋敷が市ヶ谷にあったら、さすがに難しいかな？」

安千代の体が弱かった初めの頃、将太は二日に一度、片岡家に通っていた。一年も経つ頃には、安千代が寝込むことも減っていた。それに伴い、片岡家がもともと約束していた手習いの師匠が屋敷に住み込んで、安千代の面倒を見るようになった。

将太の仕事がそこで終わったわけではなかった。引き続き屋敷に来てほしいということで、少々変わった頼みを受けた。朱子学《しゅしがく》ではなく、唐土《もろこし》の歴史の本に学んでみたい。その読み解きを通して、漢文の書き方を教えてほしいというのだ。

漢文というのは、唐土の古い書き言葉のことだ。今の日《ひ》の本《もと》でも、かしこまった文を書くときには漢文を用いている。和語の文をしたためるにしても、漢文の書き下《くだ》しの調子が身についていれば、より美しい文を編むことができる。

朱子学の基礎である四書五経《ししよごきよう》は、文が簡略に過ぎる。ゆえに、違ったものを読み込んで美しい文を書くための糧《かて》とするのは、決して突飛《とつぴ》なことではない。しかし、わざわざ将太をその師に選ぶというのは、いささか突飛だ。

安千代の手習いの師匠は四十過ぎ。この道において優れていると評判が高く、ひよっこの将太が肩を並べるべくもない人だ。漢文もまた十分に書けるだろうし、そつなく教えられるに決まっている。

結局のところ、引き続き将太が呼ばれるのは、安千代が将太を気に入っているからにほかならなかった。将太もそれを嬉しく思い、唐土の歴史にまつわる何かしらの本を一緒に読み解くことを承諾した。

通うのは四日に一度、四の段の日だ。安千代がかつて怖がっていた四の段を、将太があえて選んだ。安千代は大笑いして喜んで、もう「し」の呪いなど怖くないと言い放った。

そういう今までのあれこれが一気に頭の中に去来して、将太はすぐには答えられずにいた。

安千代は、言い方を変えて、再び問うた。

「市ヶ谷までも今までと同じように通ってほしいと言ったら、さすがにわがままかな？」

ようやく将太は言葉を紡《つむ》いだ。答えではなく、問いだった。

「なぜ市ヶ谷なんだ？」

安千代はうつむいた。

「養子に行くことが決まった。父の従兄《いとこ》のところ、女の子しかいないから、私が跡継ぎになる。その人の屋敷が市ヶ谷なんだ」

ああ、と将太は得心して息をついた。

「安千代は親戚に跡継ぎとして望まれて、養子に行くのか。つまり、人柄も学問も剣術も優れていると認められたわけだ。素晴《すば》らしいことじゃないか！」

なるたけ明るい調子をつくってみた。うっかりしていたら、寂しいなあ、という本音が漏れ出てしまう。そんなのは武士として許されない体《てい》たらくだ。

安千代は、将太にとって最初の教え子だ。安千代を教え始めた頃から、本所相生町《ほんじょあいおいちょう》三丁目の白瀧勇実《しらたきいさみ》の手習所を手伝いに行ってはいたが、そちらの筆子はやはり勇実の教え子だった。

唇を尖《とが》らせた安千代は、上目遣《うわめづか》いで将太を見やった。

「まともな大人みたいなこと、言わなくていいよ。将太先生、今、戸惑ったでしょう？」

「そんなふうに見えたか？」

「だって、将太先生は嘘をついたり隠し事をしたりするのが下手《へた》だもの」

「安千代が親戚に見込まれたというのは、心から素晴らしいと思うし、めでたいことだとも思うよ。これは本心だ。でも、寂しいなあと感じたのも本当だよ。

上手《じょうず》に祝ってやれなくて、すまない」

そう答えたことで、安千代に悟らせてしまった。

「やっぱり、市ヶ谷は遠すぎて、さすがの将太先生でも通えないよね。四の段の日に、なんてさ」

将太は、すぐには応じられなかった。呼吸をいくつかする間、じっと考えて、うつむいて、しかめっ面をゆっくりと上げた。

「すまん。市ヶ谷は、しょっちゅう通うには遠い。俺には勇源堂がある。いや、本当は、比べてどちらかを選ぶなんてことはしたくない。安千代と勇源堂、どちらも大切なんだ。しかし、それでも……」

「わかってる。聞いてみただけだから、将太先生は気に病まないで。それに、養子の話は、早くても年明けなんだ。ここにいる間は、今と同じように、将太先生に漢文を教えてもらう」

無理やり明るく笑った安千代に、将太は胸が痛む思いだった。

安千代から養子縁組の話を聞かされて、将太はどうしても気分が沈んでしまった。むしろ安千代に心配される始末である。

結局、部屋にこもっているのが悪いという話になり、二人揃って庭に出た。剣術稽古をしようというのだ。

「将太先生、手合わせだ！　本気でやるから、ちゃんと受けてよね！」

安千代との稽古で使う袋竹刀《ふくろしない》は軽い。ちょっと振るだけで簡単に凄《すさ》まじい勢いが出てしまう。

将太は力加減に気を配りながら、飛びかかってきた安千代の剣を受け止める。このところ、安千代の上達ぶりに舌を巻いてばかりだ。

「筋がいいというのは、こういうことなんだろうなあ」

安千代には剣術の師範がちゃんとついているので、こうして将太と剣を合わせるのは月に二、三度といったところだ。そのたびに太刀筋が鋭くなっているのがわかる。

とはいえ、まだ十の子供である。将太から一本取ろうと躍起《やっき》になってみても、膂力《りょりょく》も上背もまったく足りない。

こうと決めたら納得するまで突き進む安千代は、いつか将太に剣術で一泡《ひとあわ》吹かせたいと心に誓っているらしい。将太に動きをすっかり見切られるのが悔しくてたまらないようだ。

「くそ、まだまだか」

本気になった安千代は、強い思いを秘めた目をして、じっと押し黙る。口数が減るだけでなく、顔つきも気配もひそやかになるのだ。

漢文の読み解きでも、同じ顔をすることがある。

教本は『酉陽雑俎《ゆうようざつそ》』という随筆で、唐代の名家に生まれた段成式《だんせいしき》という人が、世の中の様子を描いたものだ。

一千年近く前の異国の事情が著されているわけだから、今の日の本に生きる将太や安千代では、どうしてもうまく読み解けないときがある。たった一文の解釈のために、ああでもないこうでもないと、何刻も悩んだりするのだ。

最近、『酉陽雑俎』のほうでも、安千代には大いに驚かされた。

例によって一文を巡ってさんざん悩んで結論が出なかったときのこと。次に将太が片岡家の屋敷を訪ねると、安千代は同じ時代に編まれた詩集の中から、悩んだ一文とまったく同じ文章を探し当てていた。

要するに、どうしても腹に落ちる解釈が見つからなかったのは、そもそもその一文が詩の引用だったためだ。もとになった詩の情景をわかった上で読み進めれば、何のことはなかった。

将太は安千代より十も年上で、唐代の文章については京でみっちりと学んできたので、何でも教えられるつもりでいた。だというのに、詩の引用の一件では安千代に教えられた。将太は手放しで安千代を誉めちぎった。そのときの安千代の誇らしげな顔を、将太は生涯忘れないだろう。

師匠の自分を教え子が超えていくというのは、何とも嬉しいことなのだ。

安千代は、将太を超えていきそうな才の芽をいくつも持っている。その芽を伸ばす役目の一端をずっと担《にな》っていられると思っていたが、そばで見守り続けるのは難しいようだ。

将太は、黙り込んで剣術の策を立て始めた安千代を促した。

「そろそろ庭での稽古はおしまいにしよう。部屋に入って汗を拭《ぬぐ》わなくては、風邪をひいてしまうぞ」

「うん、わかった。将太先生、気持ちはちょっと晴れた？」

将太は笑ってみせた。

「ありがとうな。俺は大丈夫だ。剣術稽古で体を動かすのは、いいな」

「将太先生にとっては、物足りなかったでしょう」

「そうだなあ。ああ、でも、安千代が弱いだとか、そんなことはないぞ。俺の力があり余っているせいだ。これは生まれつきでな。俺は人ではなく、鬼かもしれん。そう言いたくなるくらい、力が強くて疲れもしない体だから」

「体が弱いよりは強いほうがずっといいさ。将太先生はよく『自分は鬼だ』と言うけれど、その強さは、生まれ持った才だよ。もっと誇っていいと思う」

幼い頃、体が弱かったために人並みでいられなかった安千代と、あり余る力に振り回されて己というものが定まらなかった将太。

鏡写しのようでいて、通じ合うものがあると感じている。だから、手習いの師弟という体裁をとりつつも、少し歳の離れた友同士だという気持ちもある。

「では、また四日後に」

いつものとおりのあいさつをして、将太は南へと足を向けた。


本所相生町三丁目にある御家人、矢島《やじま》家の屋敷は、いつもにぎやかだ。剣術道場と手習所の勇源堂が敷地内にあって、朝から晩まで、鍛練《たんれん》や学びに精を出す若者や子供たちの声であふれている。

矢島与一郎《よいちろう》が息子の龍治《りゅうじ》とともに営む剣術道場の気風は、道場主の人柄そのものだ。

稽古は厳しく、木刀を持ってふざけることは決して許されない。身につけた剣技を用いるときは、相手が悪党であっても、固く自律する。己の都合で相手の命を奪ってはならない。

その厳しさの一方で、「休み」の声が掛かれば、道場では笑いや軽口、冗談が飛び交う。子供好きで面倒見のよい者も多い。稽古の合間には、勇源堂の筆子に一対一でついて、竹刀の振り方を教えてやっている。

かと思えば、筆子たちに誘われて鬼ごっこをしたり、筆子三人がかりで相撲《すもう》の勝負を挑まれてひっくり返されたりなどもしている。広々とした矢島家の庭は、そうやって皆が走り回るから、雑草の生える暇もない。

今日もまた大にぎわいの矢島家に、将太は帰り着いた。

そう、帰り着いたという言葉が、将太にはしっくりくる。何せ、安千代のもとを訪れる四の段の日を除けば、朝から晩まで矢島家に入りびたっているのだ。

今や将太の仕事場となった手習所は、矢島家の離れである。戸口に掲げられた「勇源堂」の扁額《へんがく》は、将太の恩師であり、この手習所の先代師匠である白瀧勇実の筆によるものだ。

勇源堂に顔を出せば、将太とともに師匠を務める千紘《ちひろ》が掃除の手を止め、さも当然のように言った。

「あら、お帰りなさい。そろそろこちらに戻ってくる頃だと思っていたわ」

やはり「こんにちは」ではなく、「お帰りなさい」なのだ。

将太の生家はほんの近所、亀沢町《かめざわちょう》にあって、このあたりの武家屋敷では飛び抜けて敷地が広い。大層な旗本の屋敷なのだろうと勘繰《かんぐ》られるほどだが、その実、大平家は無役の御家人である。ただし、医者の家柄だ。患家《かんか》には大身旗本や富豪も少なくない。それゆえ大平家は裕福だ。

周囲の評判が抜群によい家だが、将太は寄りつかない。八つの頃、矢島家の手習所と剣術道場に通い始めた頃からずっと、自分の屋敷にいるよりこちらにいるほうが心が休まった。できることなら、いっそ矢島家の子供になってしまいたかった。

千紘はこの夏、矢島家の嫡男、龍治に嫁《とつ》いだ。将太にとって幼馴染《おさなな じ》みであり、同い年ながら姉のように頼れる相手でもある。

筆子たちが帰ってしまった勇源堂で、天神机《てんじんづくえ》を拭くのを手伝いながら、将太は安千代のことを千紘に打ち明けた。

「年が明けたら、よい頃合いを見て、市ヶ谷の親戚のもとへ養子に行ってしまうらしいんだ。会えなくなるのは寂しいな。どうにか通えないものかと考えたが、さすがに厳しい。今でさえ、四日に一度、俺が勇源堂にいない日は、千紘さんに負担をかけているだろう？」

「そうね。寅吉《とらきち》さんや心之助《しんのすけ》さんが手伝いに来てくれたり、将太さんのお友達の霖五郎《りんごろう》さんが来てくださるときもあったりで、まったくわたしひとりになることはないけれど。今日は心之助さんが手伝ってくれたわ。正宗《まさむね》も一緒にね」

千紘が、開け放った障子《しょうじ》の向こうの庭へ目をやる。

白い小柄な犬が、筆子たちと一緒に飛び回っている。近所に住む御家人、田宮《たみや》心之助の愛犬の正宗だ。心之助がにこにこしてその様子を見守っている。

心之助は穏やかな人柄の青年だ。歳は確か二十六。無役だが、天涯孤独の身で妻もなく、自分と正宗を養うだけでよいので、旗本の屋敷に呼ばれてお坊ちゃんの剣術師範などをすれば十分に暮らしていける。それでよい、多くは望まないと語っていた。

剣術のみならず、何においても教え上手な心之助のことだ。勇源堂に顔を出してもらえると、将太もほっとする。将太より六つ年上で、将太が鬼子《おにご》と呼ばれていた頃から面倒を見てくれていた兄貴分の一人でもある。

千紘は改めて将太の顔をのぞき込むようにして言った。

「安千代さんが市ヶ谷に行っても、月に一度くらいなら、顔を合わせられるのではない？　『酉陽雑俎』は、まだまだ読み終わらないんでしょう？」

「月に一度か。それなら、いいかもしれない。俺も安千代も、一人ではとても読めそうにないからな」

「行ってきていいわよ。その代わり、わたしも月に一度くらい、遠出をする日を設けたいのだけれど、いいかしら？」

「もちろんかまわない。どこに出掛けるんだ？」

「さあ、どこになるかしら。龍治さんがね、ときどきはそうやって二人で出掛けないかって言ってくれているの」

千紘は夫の名を口にした。さらりと話すつもりだったようだが、結局照れてしまって、頰《ほお》を赤くしている。

「それはぜひとも行ってくるといい。駄目だなんて、冗談でも言えないな。龍治先生に本気でしごかれて、ぼこぼこにされてしまう。俺は膂力と体力こそ龍治先生よりあるが、立ち合いでの勝負となると、到底かなわないから」

ふと、庭を突っ切って、こちらへ駆けてくる者がいる。

大平家の下男として将太の身のまわりの世話をしてくれている、吾平《ごへい》だ。京での遊学の折、寄宿先の儒者《じゅしゃ》の屋敷でくるくるとよく働いていた。物覚えのよさにかけては凄まじく、頭も切れるのだが、控えめで人当たりがよい。

吾平は顔見知りの者たちに慌ただしく会釈《えしゃく》をしながら、大急ぎで将太のもとにやって来た。日頃は柔らかな印象なのだが、整ったその顔が今は引きつっている。

「どうした？　何かあったのか？」

「将太さま、すぐお屋敷のほうにお戻りにならはってください。理世《りよ》お嬢さまが妙な男に絡《から》まれて、手前も追い払おうとはしたんですが、のらりくらりと躱《かわ》されまして。とにかく、理世お嬢さま、えらい難儀《なんぎ》してはるんです！」

「理世が、困っているだと？」

血が頭に上った。将太にとってほかの何にも代えがたい大切な人が、危うい目に遭っている。これをどうして捨て置けようか。

将太は勢いよく立ち上がった。うっかり膝をぶつけてしまった天神机が、吹っ飛ぶような勢いでひっくり返った。

三

めったにいないほどの美男子だ、と大平理世は思った。

初めて会う相手だ。そのはずだ。あんな二枚目に会ったことがあるなら、脳裏《のうり》に焼きついてしまうはず。決して知り合いなどではない。

しかし、美男子は理世から目をそらさない。秀麗《しゅうれい》な顔に親しげな笑みを浮かべて、まっすぐこちらへやって来る。

ここで誰かと落ち合う約束をしていただろうか、と理世は頭を巡らせた。会ったことはないが、これから会うという約束をした相手が、いただろうか？

いや、そんなはずはない。何の心当たりもない。もしも理世が度忘れしていたとしても、荷物を持って付き添ってくれている吾平が失念するわけがない。

それに、場所が場所である。よそのお屋敷の門前だ。

理世は行儀見習いのために、南割下水《みなみわりげすい》のすぐ北の、谷田部藩《やたべはん》の下屋敷《しもやしき》の近くまで通っているのだが、その稽古が終わってさあ帰ろうというところで、件《くだん》の美男子が理世のほうへやって来たのだ。

では、ひょっとして、このお屋敷の誰かの知り合いだとか？　理世を誰か別の人と勘違いしているのでは？

　そう思った矢先に、美男子は嬉しそうに声を上げた。

「理世さん！　よかった。捜したんだよ。私も本所には不慣れなものだから」

　美男子は手を振りながら向かってくる。美男子が一歩近寄ってくるごとに、理世の頭は混乱していく。

「えっと……あん人、誰《だい》？」

　思わず訛《なま》り交じりでつぶやけば、吾平が理世に耳打ちで問うた。

「理世お嬢さまのお知り合いやないんですか？」

「ううん、見たこととんなか人よ」

　商家で生まれ育った理世は、人の顔を覚えるのは得意だ。整った顔立ちの人はかえって覚えにくい場合もあるが、それでも、あそこまでずば抜けた美男子となると話が違う。

　美男子は腰に二刀を差しているから、どうやら武士であるらしい。が、武家らしい厳《いか》めしさはかけらもない。

　役者のような、というのが、やはりしっくりくる。とはいえ、立役《たちやく》と女形《おんながた》のどちらとも判じがたい。男の出で立ちだが、まとう気配が何とも色っぽいというか、たおやかなのだ。

おかげで、知らない男に対する警戒心がうまく働かない。見惚《みと》れているつもりなどないが、頭の芯《しん》がぼーっと痺《しび》れるようになってしまって、おかしい。

本当《ほんなこつ》、何やろか、こん人？

とにかくわけがわからないし、匂い立つような美男子から目が離せなくなっているし、理世はもちろん吾平までも立ち尽くしていた。

美男子は理世の前に至ると、形のよい目をきらきらさせ、頬をいくらか紅潮《こうちょう》させて、大仰《おおぎょう》な口ぶりで告げた。

「あなたが大平理世さんなんだね。ようやく会いに来ることができたよ。何て愛くるしい人だろう！　もっとよく顔を見せて。理世さん、一度は引き裂かれてしまったけれど、やはり私たちは結ばれるさだめにあるんだよ」

覆《おお》いかぶさるようにしてきれいな顔を近づけながら、美男子が理世の手を取った。

武士の手とは思えないほどにしなやかな手だ。骨張った感じは確かに男の手だが、手のひらの肌がふわりと柔らかい。

いささか強めの香りが、美男子の袖《そで》から匂った。つい先日習った源氏香《げんじこう》遊びで、これに似た香りはずいぶん聞いた。伽羅《きゃら》を主《しゅ》とした匂いだ。袖香炉《そでごうろ》でも仕込んでいるのか。

美男子は、とろけんばかりの甘いまなざしを理世に向けている。

「どうして黙っているんだい、私のかわいい人？　ああ、もしかして、驚かせてしまったかな。近いうちに私があなたを迎えに行くという話、父上さまか母上さまから聞いていないかい？」

「え？　む、迎えに行く？」

「遠い長崎《ながさき》から江戸まで、私と出会うために、長い旅をしてくれたんだろう？　ようやくその苦労に報いてあげることができるよ。後悔など決してさせない。二人で幸せになろうね」

この人は一体何を言っているのか。手を握られているのはどういうわけなのか。しかし、この人はなぜこんなにも美男子なのか。

あまりのことに混乱を極めていた理世を、吾平が叱咤《しった》した。

「理世お嬢さま！　そろそろ帰らなあきまへん」

吾平のおかげで呪縛《じゅばく》が解けたように感じられた。

理世は、やわやわと押し包むような美男子の手を振りほどき、その胸を突いて、向こうへ押しやった。

「わたし、あなたのことなんて、何も存じません！　失礼します！」

ぱっと身を翻《ひるがえ》して、急ぎ足で歩きだす。吾平がぴったりついてくる。

しかし、美男子は機嫌を損ねた様子もない。当たり前のように追いすがってきて、くすくす笑いながら、理世の横に並んだ。

「怒らないでおくれよ。今まで会いにも来なかったことは謝るから。申し訳ない。寂しい思いをさせてごめんよ。でも、家の事情が、私とあなたの逢瀬《おうせ》を許さなかったんだ。わかってほしい」

「何の話ですか？　わたし、あなたのことなんて全然知りませんけど」

理世が語調を強めてみても、美男子に響いた様子はない。

「ああ、やっぱり、あなたは声も素敵《すてき》だね！　唄《うた》を歌うのもうまいと聞いたよ。ぜひ私のために歌ってほしいな。私もこう見えて、それなりに歌えるんだ。あなたが三味線《しゃみせん》か琴《こと》を弾いてくれて私が歌うのもいいね」

その甘やかな声で歌うのなら、確かに耳に心地よいだろう。うっとりと聞き惚《ほ》れるおなごも少なくあるまい。

しかし、ぺらぺらぺらぺらと、よくしゃべるものだ。理世は途中からまともに聞くのをやめ、無心で大平家の屋敷を目指している。

このあたりは本所でも武家屋敷が多い。道の右も左も、屋敷の垣根できっちりと仕切られている。町場のような人のにぎわいはないものの、むろん無人というわけではない。むしろ、昼八つ半（午後三時）という刻限は、それなりに人通りが多い。

そんな中を、役者のような美男子に付きまとわれながら歩いている。歯の浮くような口説《くど》き文句を浴びせられながら、である。

当然、目立つ。

どこぞの屋敷の女中だろうか、買い物の途中とおぼしき娘が、立ち尽くして美男子に見惚れている。月代《さかやき》が伸びかけの浪人風の男が、美男子の口説き文句に顔をしかめている。手習い帰りの子供たちが、物珍しそうに理世と美男子を見比べている。

勇源堂の筆子だったら助けを求めようと思ったが、あいにく知らない子供たちだ。困っているおなごに手を差し伸べてくれる、志《こころざし》の高い武士はいないかと見渡してみたが、美男子に圧倒されたかのように目をそらす者ばかり。

ああ、もう、誰か……！

理世は美男子から顔を背けながらも、知人の姿を捜そうと試みている。

吾平もそうだろう。ぴりぴりしている気配が伝わってくるが、相手は刀を持っている。きらきらした笑顔の奥で何を考えているかわからない男に、奉公人の立場で盾突《たてつ》くのは難しい。

どんどん早足になっていく理世と吾平に、美男子はのんびりした態度でついてくる。

「つれないなあ。どうか口を利いておくれ、私のかわいい人。おや、あなたの髪は少し不思議な色をしているんだね。日の光を浴びると、黄金色に透けるみたいだ。ねえ、髪に触れていいかい？」

「嫌です！」

「ふふ、やっと再び声が聞けた。可憐な声だ」

理世は美男子を横目に睨《にら》んだ。怒ってみせてもまったく通じていないのが、やたらと造りのいい顔に浮かぶ笑みから伝わってくる。理世と目が合ったことを喜んでいる節さえある。

だんだん腹が立ってきた。

この程度の二枚目が何だというのだ。顔のいい男なら、理世は見慣れている。

血のつながらない兄の将太は、もっとくっきりと彫りの深い美形だ。筋骨隆々とした体つきも美しい。

理世の薙刀《なぎなた》の師でもある父、邦斎も、姿のよい男だ。医者らしく頭を丸めているが、何のごまかしも利かないその頭の形からして美しい。齢《よわい》五十を超えていてなお、薙刀を構える姿はひたすら格好がよいのである。

そう、武士らしい美しさといえば、たくましく厳めしくてこそだ。大平家の男は皆、いかつくて雄々《おお》しく、ゆえに美しい。

初めて出会う女を、人目のある往来で口説くなど、武家の男として言語道断《ごんごどうだん》。かつて長崎の商家の娘だった頃ならいざ知らず、江戸の武家の養女となった今や、「武士たる者、一本気《いっぽんぎ》であるべし」という理想が頭の中に出来上がっている。見も知らぬ軽薄な男の口説き文句など、ただただ不快。顔が多少いいくらいで帳消しになどしてやれない。

理世は吾平に目配せをした。着物の裾《すそ》をつまんでみせると、吾平は心得てうなずいた。

次の瞬間、駆けだす。

理世はすばしっこいし、吾平も足腰が強い。二人がいきなり走りだして、さしもの美男子も面食らったようだ。すぐには追ってこない。少し間を置いてから、待ってよぉ、などという声が聞こえてきた。

本所亀沢町の大平家の屋敷は、すぐそこに見えている。敷地が広いぶん、門のところまではもうしばらく走らねばならないが。

理世は吾平に告げた。

「あの人、きっと追ってきます。吾平さんは矢島家へ行って、将太兄上さまを呼んできて！」

「承知しました！」

吾平は理世の荷物を手にしたまま、矢島家のほうへ一目散に走っていく。思いがけないほど足が速い。幼い頃から、儒学者たちの間で小難しい言伝《ことづて》の使いっ走りとして、京の町を駆け回っていたらしい。

理世も、できる限りの速さで足を前へ前へと蹴り出して、屋敷の門を目指した。着物の裾をからげて走るなど、行儀が悪いことはもちろんわかっている。が、背に腹は代えられない。

振り返らずに走る。きっとあの美男子が追ってきている。理世も並みの女よりは動けるが、悔しいことに、それでも男の脚にはかなわないのだ。

「兄さま……兄さま、助けて」
理世は、将太の姿を頭に描いてつぶやいた。

大平家の娘で十八の理世は、その実、大平家の血を引いていない。長崎の薬種問屋で生まれ育って、江戸に出てきたのは一年ほど前のこと。武家であり医家である大平家の娘として、ある旗本に嫁ぐことになった。その縁談のために養女となったのだ。

初めのうちは、大平家の質素な木戸門の構えさえ堅苦しく、恐ろしく思えたものだった。それが今では頼もしい。

ちょうど二番目の兄の臣次郎《しんじろう》が出先から戻ったところのようだ。薬箱を手に、門のくぐり戸から中へ入ろうとしている。臣次郎も一族の男の例に漏れず、医者である。髪型は父や兄と違い、月代《そ》を剃らない総髪《そうはつ》で、儒者髷《じゅしゃまげ》を結っている。

臣次郎は、お供も連れずに駆け戻ってきた理世に、おやと眉をひそめた。

「大平家のお転婆《てんば》娘のお帰りだ。血相を変えて、一体どうした？」

問いながらも、臣次郎の目は正確に理世の背後へ向けられている。よく動く太い眉が傾きを変えた。普段は涼しげな表情の臣次郎も、今のように目元を険《けわ》しくすると、厳格な父とそっくりになる。

理世は急いで臣次郎の背中に隠れた。駆けてきたほうを見やれば、あの美男子の姿がある。

「ああ、やっぱりついてきた」

「あの男から逃げてきたのか、理世」

「はい」

「今日は行儀見習いの日だったな。南割下水のあたりだったか。帰り道、ずっと付きまとわれていた？」

「そうです。吾平さんは、将太兄上さまに知らせに行っています」

そこまで話したところで、あの不愉快な美男子が追いついた。美男子は軽く息を弾ませている。

「私のかわいい人は、ずいぶん足が速いんだね。か細いように見えて手強いだなんて、くすぐられるなあ。追いかけっこが好きかい？　私は好きだよ。逃げるものを追いたくなるのは、男のさがだね。逃がさないよ」

甘い声が楽しそうに戯言《ざれごと》を紡いでいる。

臣次郎は、それですべて察した様子だった。理世を背に庇《かば》い、片腕を横に伸ばして通せんぼする。

「この娘は俺の妹だ。兄の前で手出ししようとは、何とも不届《ふとど》きなものだな」

　太い声がずしりと腹に響く。

　さすがの美男子も、身の丈《たけ》六尺の臣次郎から見下ろされると、おなごの理世や下男の吾平に対するときほどには、ぐいぐいと来ることができない。しかしながら、何か根本から勘違いしたかのような能天気《のうてんき》さは揺るがないのだから、いっそ大したものだ。

「そう怖い顔をしないでおくれよ、兄上。理世さんを驚かせてしまったようだが、こういうのは遠回しに言っていては埒《らち》が明かないし、善は急げというだろう？　だから、私と理世さんは結ばれるさだめなのだと、急いで教えに来たんだよ」

「兄上などと気安く呼ばないでもらえるかな。俺の弟は、今のところ、大平将太ただ一人だ。そうだろう、将太？」

　臣次郎がその名を口にしたとき、取るものも取りあえずといった様子の将太が、吾平とともに駆けつけてきた。

「理世！　無事か！」

気持ちのよいくらいの大声が通りに響く。むろん、屋敷の中にも響き渡ったことだろう。

将太が臣次郎の隣に並ぶと、理世の目にあの美男子はすっかり映らなくなった。

剣術稽古をしてきたのか、汗をかいているのがわかる将太の背中。医者らしい黒い紗《しゃ》の十徳《じっとく》を羽織《はお》った臣次郎の背中。人並み外れて体の大きな兄二人が壁になって、理世を守ってくれている。

ほっとした弾みで、足がふらついた。だが、理世は踏みとどまった。

武家の女は気丈《きじょう》でなくてはならない。

もちろん、長崎の女も気の強かけん、うちがこんくらいで怯《ひる》むはずもなか。

理世はぐっと拳《こぶし》を握って、頼もしい兄二人が不審な美男子を詰問するのを聞いていた。

美男子は、名を諸星才右衛門《もろぼしさいえもん》というらしい。

才右衛門は案外すぐに退散した。立ち去り際に一言、例によって妙に明るい調子で告げていったのが、実に不気味だった。

「またすぐに会えるよ、理世さん。兄上さまたちも、それじゃあね」

臣次郎は、才右衛門の素性《すじょう》を知っているらしかった。すっぱいものを口に含んだかのような、いわく言いがたい表情で、理世に告げた。

「すぐ会えるというのは、本当かもしれないぞ。ちょっと伯母《おば》に確かめたほうがいい。俺が昨日聞いた話のほうが真実ならまだいいが、さっきのあいつはまずいな。理世、事情がはっきりするまで、外に出ないようにな」

額を押さえてため息をつく臣次郎に、理世は眉をひそめた。

「伯母さまって、日本橋《にほんばし》の、ええと、本町《ほんちょう》でしたっけ。薬種問屋のおかみさんの、お久仁《くに》伯母さまのことですよね？」

「ああ。父の姉上の、お久仁伯母さまだ。理世も幾度か会ったことがあるね」

「はい」

お久仁は、とても勢いがよく、いかにもやり手の商人気質《かたぎ》といった印象だった。生まれは武家の大平家だが、日本橋でも五指に入るであろう大きな薬種問屋に嫁いで四十年だ。すっかり大店《おおだな》のおかみさんである。

理世自身、長崎の大きな薬種問屋で育ったので、肝《きも》が据わって頭の回るお久仁には親しみを覚えた。もともと彫りの深い顔にしっかり化粧を施して、いかにも強そうな面立《おもだ》ちに仕上がっているところもまた、長崎のおなごに何だか似ている。

そのお久仁に確認すべき厄介事《やっかいごと》と言えば、理世にも一つ、覚えがある。

「もしかして、さっきの人……」

おそらくそうだろう。だが、皆まで言うのは気持ちが悪すぎる。

大平家の用人《ようにん》である長谷川桐兵衛《はせがわとうべえ》が騒ぎを聞きつけて表に出てきたのは、すでに才右衛門がいなくなった後だった。四角四面で生真面目《きまじめ》な桐兵衛は、往来で大声を上げた将太を咎《とが》めようとしたが、臣次郎が割って入った。

「桐兵衛、将太を叱らないでくれ。あれは致し方なかった。むしろ、俺がその前に怒鳴りつけてやればよかったくらいだ。ところで、母上は今、奥にいらっしゃるか？」

「はい。奥さまにお知らせすべき事柄でしたでしょうか」

「伯母にいま一度、確認をとってほしいんだ。こたびの話はあの兄ではなく、弟のほうではなかったか、と」

桐兵衛は眉間《みけん》の皺《しわ》を深くした。苦虫《にがむし》を噛《か》み潰《つぶ》したような顔、というやつだ。そんな顔つきになると、もともと顎《あご》が突っ張って四角い顔がいっそう真四角に近づく。

理世はちらりと将太を見上げた。自分が怒られるわけではないとわかったからか、今日の将太はうつむかず、ちゃんとまなざしを上げている。心の動きに正直な眉は、すっかり感心した様子で緩やかな弓なりを描いている。「真四角だな」と唇が動いた。

将太と二人で代わりばんこにつけている日記に、理世は先日、桐兵衛の真四角ぶりについて書いてみたのだ。考え方や態度が四角四面《しかくしめん》なだけでなく、顔も四角いし、肩もがっちりとして四角い。よくよく見たら、手の指の爪も真四角だったので驚いた。理世の爪はもっと丸っこくて細長い。

理世のそういう気づきを読んですぐのことだから、将太も桐兵衛の顔や肩や手を眺めては、表情豊かな眉と唇で「なるほどなあ」と言っている。

桐兵衛がまなざしを察したようで、将太に向き直った。

「将太坊ちゃま、先ほどから何ぞおっしゃりたいことがおありですかな？」

「いや、頼もしいと思ってな。桐兵衛はさっきの男のこと、わかっているんだろう？　対処を任せる」

理世はちょっと息を呑んだ。臣次郎がおもしろがるように眉をくいと持ち上げた。吾平が将太と桐兵衛の顔を交互に見比べた。将太と言葉を交わす当の桐兵衛は、軽く目を見張っている。

何せ、将太がごく自然な様子で桐兵衛としゃべったのだ。

かつて鬼子と呼ばれていたという将太は、大平家の屋敷の中では今でも腫《は》れ物《もの》に触れるように扱われている。将太も将太で、外では朗《ほが》らかなのに、屋敷に戻って門をくぐるかどうかのあたりから、深海の底の貝の殻にこもるがごとく、口も心も閉ざしてしまう。

その将太が今、大平家の門前にいながら、屋敷を離れているときに見せる顔で、語り口で、桐兵衛としゃべっているのだ。将太自身は気づいていない。

やった、と理世は思った。桐兵衛のことを真四角と呼んでいる話を、兄さまに教えてみてよかった。兄さまは楽しんでくれて、おかげで肩の力が抜けている。

桐兵衛は一つ咳払《せきばら》いをして言った。

「諸星家との件については、奥さまも慎重になっておいでです。今しがた何があったのか、理世お嬢さまからも奥さまにお話しくだされ。悪いようにはならぬよう、取り計らいますゆえ」

理世は桐兵衛に促されて、屋敷に戻った。吾平と桐兵衛が続く。

振り向くと、臣次郎が将太の肩に腕を回し、何事か耳打ちするのが見えた。将太は困惑げにしていたが、臣次郎の話を聞くにつれ、みるみる顔つきが強張《こわば》っていった。

四

理世がきちんと家紋の入った振袖《ふりそで》をまとって客人一家を迎えたのは、奇妙な美男子に絡まれてから二日後のことだった。小袖は、きりりと引き締まった黒。袖や裾の下のほうには萩《はぎ》や菊《きく》、流れる小川に散った紅葉《もみじ》の模様が刺繡《ししゅう》されている。

紋付の着物をまとっているのは、父の邦斎と母の君恵《きみえ》もまた同じだった。

邦斎はいくぶん窮屈そうに見えた。日頃は診療の邪魔《じゃま》にならないよう、筒袖《つつそで》の上着、裾を絞った袴《はかま》といった、動きやすい着物を身につけている。しかも、患者でない相手としゃべるのは気がふさぐようで、顔色がずんと沈んでいる。

夫がそんなふうだから、君恵は普段に輪をかけて、しゃっきりと気を引き締めている様子だった。実の齢《とし》よりもはるかに若々しく肉づきのよい体は、きびきびとしてよく動く。薄化粧の肌に見事な張りがあるのが、君恵の美しさの大元だ。

しかし、朝っぱらからこの張り詰め方はどうだ。

ナクトの柔らかな毛を撫《な》で回したい、と理世は思った。オランダ語で「夜」を意味するナクトは、理世が長崎から連れてきた猫だ。雄のわりには小柄で、顔つきも何となく幼いのだが、声だけはしゃがれていて妙な貫禄《かんろく》がある。

晴れ着を毛だらけにしてはならないからと、理世は今朝、ナクトに声を掛けなかった。

我慢している理世の心もそっちのけで、ナクトはそっけなかった。吾平に出してもらった朝餉《あさげ》を平らげると、お気に入りの箱の中ににゅるんと溶けるように滑り込んで、そのまま朝寝を始めてしまったのだ。

猫というものは本当に気まぐれだ。理世が最も正直に弱音を吐ける相手は、長崎を離れる前からずっとナクトだけだったのに。

理世は邦斎と君恵とともに客の訪れを待ちながら、とうとう不安になって声を上げた。

「父上さま、母上さま」

邦斎は理世を見て、困ったように眉尻を下げた。口を開きはしない。

代わりに君恵が、口元を引き締めるようにしてえくぼをつくり、言った。

「心配はいりませんよ。いかに相手が由緒《ゆいしょ》ある家柄の旗本といっても、無体な真《ま》似《ね》はさせません。大丈夫。こちらが強く出られるだけの理由は十分にあるのですから」

「わたしがわがままを申したら、お家の不利益になりませんか？」

「そのような話の運びにはしません。安心なさい、理世。こたびのことについては、控えめに申しても、母はちょっと怒っておりますからね」

ちょっと怒っている、と言った君恵の目は底光りするかのようだった。ちょっとどころではないのかもしれない。

理世は両親にまっすぐ向き直った。

「急なお話で、まだ頭がすっきりしないんです。わけがわからないまま話が進んでしまったら、わたし、とんでもない粗相《そそう》をしでかすかもしれません。ですから、父上さま、母上さま、理世をお助けくださいませ。どうぞよろしくお頼み申し上げます」

理世は深く頭を下げた。

うむ、顔を上げなさい、と邦斎の静かな声が降ってきた。言われたとおりにすると、父も母もまっすぐな目で理世を見つめてくれていた。

血のつながりはない。顔を合わせたのも、ほんの一年前だ。

それでも理世は、この新しい両親を心から信用している。誠実で頼もしい人たちだと感じている。義理の兄たちもまた、両親に似てまっすぐな気質の持ち主だ。

この人たちなら、よそ者の理世をお家のための道具になどしない。紋付の振袖を仕立ててくれたことからもわかるとおり、本当の娘のように扱ってくれている。

だからこそ、理世も大平家の役に立ちたいと思うのだ。無礼な振る舞いや恥ずかしい失敗など、あってはならない。できることなら、武家で医家の大平家の足場をしっかり固めるためのお役に立つべく、この身を使いたい。

やがて、桐兵衛が来客の訪れを告げた。

屋敷でいちばん格式の高い客間に、四百五十石取りの旗本、諸星家の当主夫妻と次男の杢之丞《もくのじょう》が姿を現した。

家柄の格式で言えば、こうして呼びつけるような格好が許される相手ではない。大平家は無役の御家人なのだ。だが、君恵が先ほど言ったとおり、こたびの件については諸星家が頭を下げる立場にある。

それでも一応、諸星家を上座《かみざ》に通した。これがかえってちぐはぐに思われた。

諸星家の当主夫妻と杢之丞は、いきなり、理世と両親に頭を下げたのだ。

「先般の縁談はこちらの都合で反故《ほご》にしてしまい、理世どのと大平家の皆さまを振り回したこと、誠にもって申し訳なかった。平にお詫び申し上げる。どうかお許し願いたい」

諸星家の当主である諸星勘兵衛《かんべえ》は絞り出すように言ったきり、頭を上げない。奥方の須美《すみ》も黙り込んで頭を下げている。

それよりさらに深々と、額を畳にこすりつけるようにしているのが、杢之丞だった。

「兄が大変、大変ご迷惑をお掛けしました！　先々日のみならず、昨日もまた大平どのの屋敷まわりを騒がせたとかで、もう、ただただお恥ずかしい限り。申し訳ございませんでした！」

理世は思わず、平伏した杢之丞を凝視《ぎょうし》した。きれいに剃られた月代と、きっちり結われた髷ばかりが見えている。

兄弟。なるほど確かに、声は似ている。だが、あの美男子の奇妙に甘い語り口とはまるで違う。弟のほうは、一声発するだけで、いかにも武士らしく堅苦しいのが聞き分けられる。

邦斎が君恵から目配せを受け、小さく咳払いをして喉《のど》の調子を整え、言った。

「面《おもて》をお上げください」

途端に、当主夫妻はがばりと起き上がり、理世のほうへ前のめりになった。おお、と勘兵衛が嘆きの声を発する。

「かくもたおやかな娘御の名と誇りを傷つけてしまったのか！　あのぼんくら息子めが！　理世どの、今頃になってお初にお目にかかる。何事もなく縁談が運べば、儂《わし》こそがあなたに義父上《ちちうえ》と呼ばれておったのだ」

須美もまた畳みかけてくる。

「本当にごめんなさいね。遠い長崎から江戸まで呼びつけるようなことをしておきながら、今の今までほったらかしにしてしまって。合わせる顔もないと思っていたのだけれど、新しい縁談がまだ調っていないと、あなたの伯母さまからうかがったの。それで、もう一度考えてはもらえないかしらと願い出たのです」

つまり、目の前にいる諸星家こそが、理世が養女として大平家に入ることになった発端なのだ。

諸星家がお久仁を通じて、医家として高名な大平家との縁談を望んだ。とはいえ、大平家の親族に年頃の娘はいない。江戸で心当たりを捜していたが、結局、お久仁の嫁ぎ先である薬種問屋、稲佐屋《いなさや》の本家本元である長崎の薬種問屋にまで問い合わせるところまで行った。そして理世に白羽《しらは》の矢が立った。

遠い親戚筋である江戸の稲佐屋から養女の話と縁談が届いたとき、理世にはほかに選ぶ道などなかった。

いずれ薬種問屋のお嬢さまとしてどこかへ嫁ぐことは決まっていた。嫁ぎ先が長崎の外になるのも、うっすらと決まっていた。ただ、せいぜい九州の内側で、長崎街道沿いの大きな町だと思っていたのが、まさかの江戸だったのには驚いた。

「理世、改めてごあいさつなさい」

ため息交じりの君恵に言われ、作法《さほう》どおりに居住まいを正す。

「お初にお目にかかります。大平理世でございます。このたびは足をお運びくださり、ありがとう存じます」

もう何も気をつけなくても、ちゃんとしたお辞儀ができるようになった。振りつけられた舞をそのとおりに舞うように、完璧な仕草で武家の娘を演じられる。

邦斎がぼそりと言った。

「姉から確かに知らせがあり申した。しかしながら、諸星さま、勇み足ではありますまいか。姉は、もしまた縁談をお望みであれば、しかるべき折を見て一席設けると申しておりましたが」

いやいや、と勘兵衛が手を振った。

「稲佐屋のおかみどのにかような手間をかけさせればまた、こちらが非礼を重ねることになろうというもの。まずはとにかくお詫びをせねばと、こうして参った次第なのだ」

「そうなのです。それに、我が家のぼんくら息子が真っ先に理世さんのもとへ会いに行ったなどと申すではありませんか。もう、あの子の手の早さにはほとほと頭を抱えておりまして」

須美は頭痛を感じたかのように額を押さえた。

手の早さ、と、はっきり言った。おそらくそれが、こたびの急な訪問の引き金だ。ぼんくら息子の才右衛門が余計なことをしでかす前に、さっさと正式な話をしてしまいたいのだ。

君恵がちらりと理世を見て、それから声を強くして言った。

「では、前非《ぜんぴ》については正面からお認めになるということですね」

須美が深くうなずいた。

「認めます。我が家の長男が、縁談を控えた身でありながら、よその娘たちと夫婦約束を交わしておりました。親としても、もう、どうにもできなかったんでございます」

「ようやくはっきりとおっしゃってくださりましたわね」

君恵は、語調もまなざしもいっそう強くした。

が、須美も負けてはいない。ぐいと前のめりなまま、ひときわ声を張り上げる。

「ですから、わたくしどもも腹を決めたのでございます。今、ご公儀にも届けを出しているところですけれども、次男の李之丞を我が家の嫡男と定め、すべて仕切り直して、ことを運んでいきたいと考えております」

「まあ。では、ご長男の才右衛門さまは、厄介ということになりますの？」

「さようです。あの子を養うだけの余裕はありますゆえ。嫡男は李之丞。この子のほうが、幼い頃から兄より優れておりました。文武の才においても、人柄においても。ですから、こたびこそは邦斎さまも君恵さまもご安心の上、理世さんとの縁談を進められるかと存じますわ」

君恵はそこで一拍、間を置いた。

「李之丞さまと理世の縁談、でございますか」

確かめるように、一語一語を区切りながら、問いかける。じっと李之丞を見据えている。

諸星夫妻が同時にうなずいた。李之丞だけは、君恵のまなざしに耐えかねたようにうつむいた。

須美が言葉を重ねた。

「それに、才右衛門は二十五で、理世さんと歳が離れておりますけれど、李之丞はまだ十九。理世さんより一つ年上なだけです。ねえ、理世さん、毎日顔を合わせることになるのですから、歳が近いほうが話しやすうございましょう？」

勘兵衛も「さようだ、然り」とあいづちを打っている。

君恵は唇を引き結んでいる。邦斎の唇は先ほどから、君恵よりもなおいっそう固く閉ざされている。

理世は、ぐいぐいと迫ってくるような諸星夫妻を前に、自分の魂《たましい》が自分の体から半ば抜け出ているかのような、おかしな心地になっていた。自分の縁談のはずなのに、自分がここにいないかのように感じている。

張り詰めていたのが限界を超えたのか。わたしは怖がっているのか、怯えているのか。

いや、単にしらけているのかもしれない。きっとそうだ。醒《さ》めた目をしている自覚がある。

困ったなと思うのは、諸星夫妻が覚えにくい類《たぐい》の顔をしているせいだ。二人とも、ほどほどに整っている。これといって目立つところがないので、ちょっと目を離した隙に、たちまち印象が消えてしまう。

言葉と態度は強いのに、顔が釣り合っていないのは、何だかおかしいけれど。

ぼんくら息子と呼ばれた長男の才右衛門は、顔だけはきわめて美しかった。両親のよいところを上手に選り分けて取り出し、自分のものにしたみたいだ。

弟の李之丞はその点、いくらか出っ張った顎のためか、武骨な印象がある。兄はもちろん両親と比べても、全体に地味な感じがする。よくよく見れば、目や鼻や唇の形は整っているものの、ぱっと人目を惹《ひ》きつけるものはない。たたずまいからして朴訥《ぼくとつ》だ。

理世と目が合った李之丞の頰が、じんわりと赤くなっていく。座敷は、秋晴れのぽかぽかとした日差しが入ってくるので明るい。こんな中では、顔色はごまかしようもない。

しばらくぶりに口を開いた杢之丞は、よほど緊張しているのだろう。上ずりがちな声で言う。

「り、理世どのっ」

「はい、何でしょう」

理世は、落ち着き払って微笑《ほほえ》んでみせた。かわいげがない、と我ながら思う。だが、急ごしらえの見合いの席らしきものに自分が人形よろしく座らされているというのが、おかしな夢でも見ているかのよう。自分のこととしてちゃんと受け止めろというのが、どだい無茶な話なのだ。理世は相変わらず、妙に突き放した気分で、この席の様子を眺めている。

杢之丞はこの上なく真剣な顔をして、言った。

「急にかような申し出をされても、困るでしょう。返事はすぐになど求めません。いえ、すぐでもかまいません。話にならぬと、今すぐ断ってくださっても結構です。一度、我が家は理世どのと大平家の皆さまに大変な失礼を働いておりますから。私は、理世どのにこれ以上の無礼を重ねたくありません」

「断ってほしいのですか？」

理世は思わず尋ねてしまった。

李之丞の顔がますます赤くなり、泣きだしてしまうのではないかというくらい、苦しそうに歪《ゆが》んだ。

「……いいえ。叶《かな》うことなら、今少し、時をいただきたい。あなたとお話ししてみとうございます」

ささやく声は、初めとはうってかわって低く、思いがけないほど美しく聞こえた。唄を聴いているような心地にもなった。わたしを想っての唄なのだと思うと、かすかに、理世の胸にもどきりと弾むものがあった。

「では、お返事は、待っていただいてもかまいませんか？　今ここでというのは、やはり難しゅうございますから」

李之丞は、ありがとうございます、と呻《うめ》くように言って平伏した。

結局、君恵がこの場をまとめた。穏やかな口調ではあったが、有無を言わせぬ強さがあった。

「とにかく、諸星さま、今日のところはお引き取りくださいまし。正式に縁談のお申し入れをくださるのでしたら、まずは仲人《なこうど》を通してお願いいたします。何しろ才右衛門さまの件がありましたもので、理世も深く傷ついております。今後のことにつきましても、理世の気持ちを脇に置いて進めるわけにはまいりません」

理世は目配せを受けていた。黙っていなさい、というのだ。母の意を汲《く》んでうなずいた理世は、険しい表情の邦斎とともに、じっと口をつぐんでいた。

ただ、立ち去り際の李之丞が、おずおずした様子で訊いてきたときは、つい微笑んでしまった。

「お、おかしなことを申すものだと思われてしまうかもしれませんが、あの、理世どのは猫を飼っておられると、稲佐屋のお久仁どのからうかがいました。もしもお許しいただけるのなら、いえ、その、次の機会があるのなら、猫どのと会わせてはもらえぬでしょうか……」

「猫がお好きですか？」

はい、と李之丞はうなずいた。

「好きです。つれなくされても、かまわぬのです。愛らしい姿を、離れたところから見つめるだけでも、私は満たされます。ですから、お待ちしています。お声掛けいただけるのを、ただ待っていますので」

それは猫の話なのか。あるいは、縁談のことなのか。

どちらとも受け取れるような言い方をして、大仰なくらいの礼をすると、李之丞は両親とともに帰っていった。

五

その日、将太は、勇源堂まで昼餉《ひるげ》を届けに来た人の姿に仰天した。

「あ、兄上！」

何と、臣次郎が弁当の包みを手に現れたのである。

近所に住んでいるわりに、臣次郎は、矢島家の門をくぐったことはほとんどないらしかった。広い庭で勇源堂の筆子と道場の門下生が仲良く弁当を広げていたり、すでに食べ終えて鬼ごっこをしたりするのを、珍しそうに眺めている。

むろん筆子や門下生にとっても珍しい人物であるから、臣次郎もまた皆の目を集めている。

「将太先生と似てるね」

「でも、将太先生よりお洒落《しゃれ》だよ」

「弟なのに、将太先生のほうが大きいね」

ひそひそと筆子たちが言うのが聞こえてくる。

千紘は愛想よく臣次郎にあいさつをすると、筆子たちに声を掛け、皆で道場のほうへ移動していった。将太と臣次郎が気兼ねなく話せるよう、気を遣ってくれたのだ。

臣次郎は弁当の包みを将太に差し出しながら、にやりと笑って言った。

「今朝だったんだぞ、理世の見合い」

将太は弁当を取り落とした。すかさず臣次郎が手を伸ばしたので、包みは畳に叩きつけられずに済んだ。

「み、見合い？　しかし、こんなに急に……」

「急だな。伯母上も寝耳に水だったようで、飛んできたぞ。あの一家とは入れ違いになったがな。とにかく、大急ぎの勇み足で、朝一番に諸星家の当主夫妻と次男坊が訪ねてきた。父上も往診に出る前につかまった格好だ。理世まで紋付の振袖を着せられて、形だけはそれなりに格式張っていた」

臣次郎は将太の肩をぽんぽんと叩いて座らせ、自分も畳の上に腰を下ろした。弁当の包みを手近な天神机に載せ、あぐらの膝に頰杖《ほおづえ》をついて、将太の顔をのぞき込む。

将太は居心地の悪さを覚えた。出来の悪かった子供の頃に戻ったかのようだ。

臣次郎は続けて言った。

「一昨日《おととい》の阿呆《あほう》は、今日は一緒じゃなかったよ。長男ではあっても嫡男とは認めない、ということになったらしい。次男を嫡男にするし、縁談も次男のほうと進めたい、とね」

「し、しかし、なぜ今になって……」

「なぜ諸星家がわざわざ縁談を蒸《む》し返すことにしたのだろうかって？　おそらく理世の姿をどこかで見て、利発な娘であるという評判も聞いて、反故にした縁談が惜しくなったんじゃないかな」

理世をどこかで見かけるといっても、諸星家の屋敷は本所にはない。道を歩いていてひょいと出くわすはずのない相手だ。

もしもそんな機会があるとしたら、いつ？　理世はあまり遠出をしない。本所の外に出たことも、数えられる程度のはずだ。

将太は、はっとした。

「もしかして、深川《ふかがわ》で舟遊びをしたとき？」

「そうかもしれんな。ひったくりに襲われたご婦人を救ってご婦人が営む菓子屋まで送り届け、ついでにその店で理世が月琴《げっきん》を弾いてみせたのが評判になったそうだな。ずいぶん目立ってしまったわけだ」

「まずいことをしたかな」

「将太が悪いとは思わんよ。理世も、おまえの学問仲間も悪くない。ただ、すべての間が悪かったというだけさ」

臣次郎は庇ってくれるが、将太は後悔に呻いた。

おりよ、おりよ、と腹の中で呼びかける。

将太にとってこの上なく大切な義妹が連れ去られてしまうかもしれない。そのきっかけをつくったのが将太だとするならば、何たる不覚か。

いや、違う。「連れ去られてしまう」などと、俺はなぜそんな人聞きの悪いことを考えているのだ？　俺が兄としてなすべきことは何だ？

憤ってはならない。

理世のためには、まず慎重になるべきだ。そして、なるたけ前向きに、縁談が来たことを喜び、祝ってやるべきではないか。

「ええと……その、見合いをした次男というのは、どういう人、なんですか？」

「至極まともだ。諸星家の次男坊、杢之丞って男は、ちゃんとしていた。真っ当で誠実で、そこそこの男前でもある。調べたところによると、剣術もできるようだ。おつむのほどはちょいと物足りんが、そこはまあ、大平家の兄弟が優秀すぎるせいで見劣りするってことにしとこうか」

臣次郎は自画自賛して笑った。

将太は硬く拳を握った。無理やり顔を兄のほうに向ける。ぎしぎしと妙な音がしたのは、歯を食い縛っていたせいらしい。声を発するべく口を開けたときに、そのことに気づいた。

「え、縁談は、この後……結納《ゆいのう》や祝言《しゅうげん》は、いつ？」

臣次郎とは話しづらい。将太が何を言っても、からかうような目をしている。厚みのある唇がいつもうっすら笑っていて、何を考えているのかわからない。

いったん笑いを収めた臣次郎だが、再び、くすっと笑った。

「まだ何もない。結納どころか、この縁談が始まるのかどうかさえ、今日のところはわからんな。父上は何もおっしゃらなかった。母上がさっさと諸星家を追い出してしまわれた」

「では……理世は？」

縁談を喜んでいた？　まともな相手と出会ってほっとしていた？　それとも、先日のおかしな男の弟が相手なのだから、やはり困っていた？

だが、臣次郎は思いがけないことを言った。

「理世は、まるで浄瑠璃《じようるり》の人形のように上手に振る舞っていたが、どうにも醒めた目をしていたね」

「醒めた目？」

「たびたびそういう顔をしているよ、理世は。一人で長崎を離れて江戸に来て、寂しいときもありそうなものだが、涙の気配ひとつ感じさせない。その代わり、己を突き放したように、醒めた目をする。どこへやられても上手にやってみせる、と言わんばかりのね」

将太はゆるゆるとかぶりを振った。

「見たことがない」

理世がそんな、すれたような顔をするところなど、将太は知らない。理世はいつも一生懸命だ。大平家の中で自分の居場所をつくろう、役割を果たそうとしている。二人で交互につけている日記を見れば明らかだ。理世は決して、醒めてなどいない。

臣次郎は、考えるようなそぶりで顎をつまんだ。

「将太と理世は仲がいいからな。俺の目に映る理世と、将太の知る理世とでは、ちょっと違うのかもしれない。まあ、いずれにせよ、俺は今日の見合いの一部始終を盗み見ていたが、縁談は進まなかったよ。これから先はどうなるかわからんがね」

「もしも話がまとまったら、理世が、諸星家の次男に嫁ぐんですか？」

声が震えた。嫌だ、と腹の底が煮えたぎっている。いや、駄目だ。嫌だなどと、そんなわがままは許されない。

臣次郎は肩をすくめ、唇の片方だけで笑った。

「わからんと言ってるだろう？　齢十九の御曹司《おんぞうし》、杢之丞坊ちゃまのお手並み次第だ。あの坊ちゃま、猫が好きだそうだぞ。今のうちに、理世の大事なナクトをもっと手なずけておくほうがいいんじゃないか？」

将太の肩をまたぽんと叩くと、臣次郎は立ち上がった。

「あ、兄上、猫の名前……」

「屋敷の中ではクロと呼べばいいんだろう？　本当の名はナクトだが、異国の言葉にかぶれるなど大平家の気風にそぐわんということで、変えることになった。俺だって、そのくらい覚えているさ。将太が理世と初めて話をしたとき、俺も同席していたじゃないか」

「ああ、うん……」

「いいよな、オランダの言葉。教わる場があるのなら、教わってみたいくらいだ。ひょっとして、理世は少し知っているかな？　今度こっそり話してみるか。ほかに相談したいこともあるしな。俺の患者に、ちょっと難しい娘がいるんだ。俺には若い娘の気持ちなんぞ、わからんからな」

「臣次郎兄上にも、わからんことがあるのか？」

「あるに決まってるだろう。この世はわからんことだらけだよ。特に、おなごの心模様ってのはまったくわからんね。十も歳の離れたおじさんのどこがいいんだか。さて、そろそろお暇しよう。じゃあ、邪魔したな」

臣次郎はひらひらと手を振って、勇源堂の戸を開けた。

千紘に足止めされていたのだろう筆子たちが、話が終わったと見るや、一斉に臣次郎のほうへ飛んでくる。「おやおや」などと口にしながら、臣次郎はおもしろがるような目で、筆子たちを見、振り向いて将太のほうを見た。

将太は何か言おうとして、失敗した。臣次郎と筆子たちの間を取り持って何か言ったほうがいいのに、頭も口も働かない。

臣次郎が後ろ手に戸を閉めた。将太は一人になった。

ぐるぐると激しいものの渦巻《うずま》く胸が、どうにも苦しい。喉を掻きむしるようにして爪を立て、唇を噛んで耐えた。

「理世が幸せになれるのなら、それだけでいい」

誓うようにつぶやく。噛みしめ続ける唇がぷつんと裂けて、舌の先に血の味がにじんだ。

どうしてこんなにも苦しいのか。

将太は、考えるのをやめた。

第二話　朱色の下緒《さげお》の君

一

大見《おおみ》家の桐《きり》は、大平将太の教え子の一人だ。

もとは回向院《えこういん》のそばに屋敷を構える旗本井手口《いでぐち》家のお屋敷の大奥方の手習所に通っていたのだが、いろいろあって、今は矢島家の勇源堂で男の子たちに交じって手習いを教わっている。

十二の桐には、どうしても苦手なことがあった。

「母上さま！　なぜ起こしてくれなかったのよ！」

早起きができないのだ。

「何度も起こしましたよ。しまいにはあなた、面倒くさそうに返事もしたくせに」

毎朝のことで、母もすっかり呆れかえっている。

桐の二人の兄たちは、朝っぱらから元気いっぱいなたちだ。父も母も朝になれば自然と目が覚めるという。それなのに、どういうわけか、家族の中で桐だけが朝に弱い。こんなに似ていないなんて、桐は大川《おおかわ》の橋の下で拾われてきた子なのかもしれない。

母に一声掛けてもらうくらいでは、桐は到底起きられない。兄たちが部屋のすぐ外で咆哮《ほうこう》しながら剣術の朝稽古をしていても駄目。雨戸と障子を開け放って日の光とひんやり湿った朝風を部屋に入れるなどしても、より深く夜着《よぎ》にくるまってしまう。

自分でも直したいと思い、毎晩、布団に入るときには「明日こそは」と念じているのに、いざ朝になってみると結局いつもと同じなのだ。

「やだもう！　また今日も馬鹿久《ばかひさ》に何か言われてしまうわ！」

馬鹿久というのは、筆子仲間の久助《ひさすけ》のことだ。

久助は同い年で、浅草から通ってきている。鳶《とび》の子で気が荒く、男の子たちの頭領気取り。手習いに取り組むべきときにもふざけていることがあるので、桐はそこが許せない。喧嘩《けんか》になるのはしょっちゅうだ。

だから、桐が朝寝坊のために人より遅れて勇源堂に駆け込めば、早起きだけは得意な久助が図に乗る。ここぞとばかりにからかってくる。

「からかわれてたまるもんですか！」

桐は大慌てで身支度を整え、祖父母の位牌《いはい》にぱっと手を合わせ、ばたばたと戸口のほうへ走る。朝餉をしっかり食べる余裕など、近頃はあったためしがない。

「少しは食べていきなさい。何も食べずにいた日に具合が悪くなったことがあったのでしょう？　大見家は我が子にご飯を食べさせることもできないほど暮らしに困っているのか、などと疑われては、たまったものではありませんからね」

「わかってます、わかってますったら！　行ってまいります！」

耳にたこができるほど繰り返されてきた母の小言を聞き流し、母が差し出すおむすびをむんずとつかむ。

お行儀が悪いのは百も承知で、桐は表に飛びだしながら、おむすびを頬張《ほおば》った。

筆子仲間の皆が持ってくる弁当を見比べてみると、おむすびの形や大きさは家それぞれだ。

桐の母がこしらえるおむすびは、ぎゅっと固く握り込まれている。おかげで米粒がひしゃげているが、みっちりしていて崩れにくい。小振りに見えて、その実、中身はしっかり茶碗一杯ぶんだ。

おむすびを頬張りながら駆けているという、とんでもないお転婆ぶりを隠すべく、桐は口元を袖で覆い、うつむきがちになって通りを急いだ。

ほとんど走っているような急ぎ方だが、これは早歩きの内に入るはずだ。誰かが言っていたが、走るというのは、体が弾んで両足がともに宙に浮いているときがあるようなのを指すらしい。だからこれは早歩きだ。

と、あれやこれやと気にしながら先を急いでいたせいで、前が十分に見えていなかった。角を曲がった途端、人とぶつかってしまったのだ。

「きゃっ」

幸いなことに、ちょうどおむすびの最後の一口を呑み込んだところだった。さもなくば、悲鳴とともに米粒を噴き出してしまったに違いない。

ただ、思い切り尻もちをついたのが痛い。骨がごつんと地にぶつかった。あまりの痛みに、じんわりと涙がにじんでくる。地にへたり込んだ格好のまま動けない。

ぶつかった相手は、若い男だった。侍である。羽織袴の色味は黒っぽい鼠色《ねずみいろ》でまとめてあって、すっきりとした装いだ。腰に差した大小は、柄糸《つかいと》と下緒《さげお》が鮮やかな朱色で、桐の目を惹いた。

侍がひざまずいた。長い指を持つ、形のよい手が、桐のほうへ差し伸べられる。

「お嬢さん、怪我はありませぬか？　ぶつかってしまい、申し訳ない。立てますか？」

顔をのぞき込まれた途端、桐は、世の中がぱっと明るく輝いて見えた。

何て男前なの……！

役者を描いた錦絵《にしきえ》よりもずっと麗《うるわ》しい男が、目の前で動いている。すらりと細身で、歳は二十をいくつか過ぎたくらいだろうか。

色が白くて、細やかな造りの顔立ちだ。それでいて、眉間から鼻の付け根にかけてくぼんだところだとか、首が太く喉仏《のどぼとけ》が尖っているところだとか、引き締まった腕に青く浮いた血脈だとか、大人の男ならではのごつごつした魅力も端々《はしばし》にうかがえる。

その素晴らしく格好のいい侍が、桐のために心配げに眉をひそめ、小首をかしげるようにして、桐の答えを待ってくれている。指先まで美しい形をした手を、桐のほうに差し伸べながら。

「だ、大丈夫です！　わ、わたしのほうこそ、申し訳ございません。あの、い、急いでいたものですから！」

「この刻限に急いでいたということは、手習いに向かわれているところですか？」

「は、はいっ！」

どきどきと高鳴る胸と、勝手に上ずってしまう声。武家の娘らしく凛《りん》としていたいのに、舞い上がってしまっている。どうしよう、どうしようと焦ってみても、どうにもならない。

素敵な侍が目を細め、うっすらと微笑んだ。

「お手を。痛むところがなければ、お立ちになってください」

桐は、まるで自分のものでないかのようにぎこちない体を、どうにか動かした。麗しい侍の手に、自分の手を乗せる。その手にすがって立ち上がった。尻もちの痛みなど、どこかへ吹っ飛んでいた。

見上げる先にある美しい笑顔。背丈は、大人の男としては人並みくらいだろうか。手習いの師匠の将太先生ほどには大きくないが、十二でおなごの桐にとっては、見上げなければ向き合えない。

侍は、唐突《とうとつ》に、桐の頭上にそっと手を差し伸べた。朝日が陰った。桐は思わず身を硬くした。

「櫛《くし》が少し歪んでいますよ。これでいい。驚かせましたか？」

離れていきかけた侍の手が、ふと止まり、今度は桐の頰へ伸びてくる。

「あ……」

小さく声を上げてしまった。

指先が桐の口元に触れ、離れていく。眉目秀麗《びもくしゅうれい》な侍は、くすりと笑った。

「米粒がついていましたので。ほら」

いたずらっぽく見せてくれる。母のおむすびの、形がひしゃげた米粒だ。

桐は、顔から火を噴きそうだった。侍は軽やかな笑い声を立てる。笑う姿もやはり素敵だ。麗しい。

「いえ、失礼」

「だ、誰にも言わないでください！」

「承知しました。足を止めさせてしまって、申し訳ありませんでしたね。将太どのの手習所に向かうのでしょう？」

「ええっ！　もしかして、将太先生のお友達ですか？」

桐が問えば、端整《たんせい》な侍は小首をかしげた。

「友達……友達、と言ってよいのでしょうか。まだ付き合いが浅く、三度会って話しただけなのですよ。将太どのは気持ちのよい御仁《ごじん》だが、拙者《せっしゃ》をどう思っているかは、はて、拙者にはわからぬのでね」

「だ、大丈夫だと思います！　将太先生は、心が広いといいますか、器《うつわ》が大きいといいますか、とにかく誰でも受け止めて、受け入れるんです。わたしたち筆子がどんなに困らせてしまっても、絶対に怒らないし、とっても丁寧《ていねい》なんですよ」

「ああ、それは確かに。怒りだしてもいいような場面でも、困った顔をするばかりですよね。心のどこかで怒りを感じてはいるのだろうが、この怒りをどう扱えばよいのかと戸惑うかのような顔だ。手習所でもそんなふうなのですね」

「はい。とってもいいお師匠さまなんです！　だから、あの、あなたのことも悪く思ったりなんかしていないはずです！」

二枚目の侍は、にこりと微笑んだ。えくぼができると、いかにも若々しい顔になった。いっそ少年のような顔だ。

桐は、苦しいくらいに高鳴る胸を押さえた。ひとたび会話が途切れると、何を言っていいのかわからなくなる。

「さて、お嬢さん。立ち話に付き合わせてしまいましたね。将太どのによろしく伝えてください。では、拙者も約束があるので、これにて」

そう言って会釈をすると、麗しい顔立ちをした侍は、颯爽《さっそう》と行ってしまった。

桐はぽーっとしたまま、すらりとした侍の後ろ姿を見送っていたが、はっと我に返った。

「いっけない！　これ以上遅くなったらあの馬鹿久に何て言われるか！」

急ぎ足で手習所へ向かいながら、大切なことを忘れていたと気がついた。

あの素敵なおかたにお名前を訊かなかった。

将太先生と親しいようだから、問えば教えてくれるだろうか。しかし、何と問えばよいだろう？　見目麗しくも男らしさのあるおかたでした、と言えば通じるだろうか。

「またお会いしたい。朱色の下緒の君。何て素敵な人……」

そっとつぶやくと、胸がきゅんと痛くなった。

二

朱之進《あけのしん》は、慌て者の武家娘の口元からつまみ取った米粒を指先で弾いて捨てた。娘がこの背にまなざしを向け続けているのにはむろん気づいていたが、振り向きはしない。

数歩進むうちに、今しがた話をしていたことすら忘れた。

眉間に皺が寄っているのを自覚している。初冬の朝のぴりりと冷えた風を肩で切り裂くような心地で進んでいく。

「不快なり」

吐き捨てるようにつぶやく。口癖《くちぐせ》である。

何が不快かと問われれば、この世にあるもののほとんどすべてだ。自分以外の何もかもが許せなくなるときがある。生まれついてのさがなのだろう。

細やかで端整な顔かたちと、どちらかと言えば線の細い体つきのため、黙っていればおとなしげに見えるという。ゆえに舐《な》められやすい。理不尽《りふじん》な事柄を押しつけられることもある。

その実、朱之進は己の気性の荒さを知っている。舐めた真似をする者には報《むく》いを与える。参ったと言われても手を緩めてはやらない。一度でも朱之進を見くびったことを必ず、骨の髄《ずい》まで後悔させる。

「負けてたまるか」

これもまた口癖である。

しかし、勝ち負けとは何なのか。

この世のありとあらゆるものを不快に感ずるわけを、まだ勝ちを得ていないためだと考えるならば、何に抗《あらが》い、いかに物事を運ぶことができれば、飢《う》えてやまない心を満たせるのか。

手がかりが一つある。

出世である。

物心ついた時分にはすでに、生涯を懸《か》けてそれを成すべしと刷り込まれていた。

否《いな》、正しくは、父がそれを成したいという。ゆえに朱之進は長男として父によく仕え、父が道を拓《ひら》くために役に立つのが務めなのだという。

「叶えてやろうではないか、父よ。無能呼ばわりなど、ごめんだからな」

当面は父の定めた道でよい。

だが、その先は、己の才覚によって道を敷いてやる。父を超えてやるのだ。

父の蒔《ま》いた種が二十余年の時をかけ、禍根《かこん》という名の木に育った。花には毒があるだろう。その毒を受けて滅ぶのが朱之進であってはならない。毒花など食らって、我が身に毒を宿してみせる。

いまだに父は朱之進を試しているつもりでいるのだろう。朱之進には同い年で腹違いの弟がいる。朱之進は先妻の子、弟は今の正妻の子だ。どちらを嫡男とみなしているのか、父は明言していない。嫡男として認められるだけの働きを見せろ、というわけだ。

長男であり、文武の才において優れているのは朱之進だ。しかし、後ろ盾《うしろだて》がない。亡母よりも継母《ままはは》のほうがはるかに家柄がよく、親戚が力を持っている。ならば、我が手で後ろ盾をつくるまで。

朱之進には一芸がある。算術には、生まれ持って優れた才があるらしい。亡母にほんの少し教わっただけで、たいていの算額《さんがく》は一見のうちに解けた。

この一芸が存外、思いもかけない縁を呼び寄せる。たとえば、父が近づきたいと望んでいた上役が、囲碁《いご》や算額といった知恵遊びを好んでいるとわかり、朱之進が懐《ふところ》に入り込んだことがあった。

大平将太に近づくきっかけになったのも、算額だった。儒学、漢学、蘭学《らんがく》、天文学や測量術、そして算術。学びに類するものすべてを、将太やその仲間は楽しんでいる。さまざまな学びを一所にて得られる場を求めて、動きを起こそうとしている。

学びの場だの、自由闊達《かったつ》な学問塾だの、絵空事に過ぎない。だが、そんな話を大真面目に交わす仲間内に入り込むのは、朱之進にとってたやすいことだった。これが、真に手中に収めたい者に近づくための、初めの一手だった。

そして、次の一手。

今日これから、大平家を相手に布石《ふせき》を打つ。


本所亀沢町の武家屋敷の中でひときわ大きな敷地を持つのが大平家であると、朱之進も事前に聞かされていた。だから、道に迷うことはなかったし、門前に至ると、すでに奉公人が心得ていた。

「橘《たちばな》さまでございますね」

将太たちの前で名乗っている偽《にせ》の姓だ。とっさに口をついて出たものだが、橘というのは悪くない。

刀を門のところで預け、奉公人の案内に従って屋敷に入った。

母屋《おもや》は鉤型《かぎがた》になっている。広縁《ひろえん》を通って、奥へ進んでいく。庭はよく手入れされているが、そっけない。踏みしめられているのがわかるから、そこで頻繁《ひんぱん》に剣術の稽古でもしているのだろう。見慣れない草木が植えられているのは薬草だろうか。

通されたのは、診療のための部屋ではなく、ごく普通の客間だった。用件をあらかじめ申し送っておいたからだ。

朱之進が客間に入ると、奉公人は退いて襖《ふすま》を閉めた。足音と衣擦《きぬず》れの音が遠ざかっていく。人払いは十分と見てよさそうだ。

禿頭《とくとう》の大柄な男が朱之進に頭を下げた。

「ご足労いただき、ありがとう存じます。大平邦斎と申します」

名乗られるまでもない。一目見て、あの将太の父だとわかった。顔立ちも体つきもよく似ている。

ただ、将太が三十年ほど老いても、こんなたたずまいにはならないようにも思われる。というよりも、老いた将太を思い描くのが難しいのだ。将太は不思議なくらいに青い男で、この先というのが予測できない。

じっと邦斎を見据えていた朱之進は、唇の両端と頰に力をこめた。こうすると、えくぼができて、愛想のよさそうな顔になる。

「こちらこそ、朝早くから拙者のために時を割いてくださり、誠にかたじけのうございます。橘朱之進と申します。将太どのと理世どのに文を託《たく》したとおり、拙者の父の件で少し相談に乗っていただきたく、こちらへ参上した次第」

邦斎みずから、慣れた手つきで茶を淹《い》れ、朱之進に振る舞った。色を見るに、薬湯の類ではないようだ。邦斎が先に湯呑《ゆのみ》の茶を口に含んでみせたので、朱之進もそれにならった。やはり、ただの番茶だ。

沈黙を、邦斎が破った。

「して、市ヶ谷浄瑠璃坂《じょうるりざか》の近くにお屋敷のある、橘さまとおっしゃいましたか」

太い眉の下、冷静なまなざしに射抜かれる。疑われている、と朱之進は感じた。噂どおり、大平邦斎は手強い人物であるらしい。だからこそ愉快になる。

「申し訳ありませぬ。武家とは憚《はばか》りの多いものゆえ、素性を正直に明かせずにおりました。体の相談ですよ。秘したい患者もおりましょう」

「いかにも。お父君のこととうかがっておりますが」

「若い頃の放蕩《ほうとう》、とまでは申しませぬが、過ぎたる振る舞いが多かったためか、腎虚《じんきょ》に加えて肝の具合も怪しい様子なのです。後を継ごうにも、拙者はまだ半人前。父には今しばらく健《すこ》やかでいてもらわねばなりませぬ」

男の腎虚と言えば、姓も父の名も明かさぬわけを誰もが察してくれよう。要するに、女と褥《しとね》をともにしようとも大事なところが役に立たない、という意味だ。

邦斎は朱之進の話を帳面に書きつけながら、淡々と応じた。

「人の体は、食したものでできております。医者に薬を煎《せん》じさせるよりも、まずは日々の食事によって気《き》・血《けつ》・水《すい》の不足を補い、臓腑《ぞうふ》の調子を整えてみるのがよろしゅうございましょう。薬膳の献立を差し上げますので、そちらをお試しくだされ」

「なるほど。邦斎先生は奇特なかたと噂に聞くわけがわかり申した。その献立、高値で我が家に売りつけてみるのはいかがです？」

「さほどの値打ちはございませぬ。二百年近くも昔から、我が国には養生書という一連の書が編まれ続けてまいりました。人が健やかに長生きするための指南書ですな。これらに載せられた薬膳の知恵と本草書《ほんぞうしょ》とを照らし合わせただけの献立です。すでに知っている者は知っている程度の、ささやかな暮らしの知恵にございますれば」

「銭を取らぬ、と」

「つきっきりの治療が必要とあらば相応の薬礼を頂戴《ちょうだい》しますが、こたびの相談でお代を求めることは致しかねますな。何しろ、患者さまのお姿が、朱之進さまの文からもお話からも浮かび上がってこぬのです。これでは治療の相談とも呼べませぬ」

朱之進はつい笑ってしまった。愛想笑いではなく、おかしくなって笑ったのだ。

確かに父が腎虚を患っている様子はある。さもなくば、いまだに腹違いの弟妹《ていまい》が次々と現れて、家の事情がいっそうこじれていただろう。

いや、腎だけでなく、肝だの脾《ひ》だの、ほかにも痛めているのかもしれない。が、詳しいことは知らない。知ろうとも思っていない。父の具合の相談云々というのは、医者の邦斎に近づく口実に過ぎなかった。

邦斎は言葉を重ねた。

「橘姓を名乗られるのも、お父君の沽券《こけん》のためではありますまい。将太と理世が初めてお会いしたときから、橘と名乗っておられたとうかがっております。ところが、市ヶ谷浄瑠璃坂の橘家とは、心当たりがない。あのあたりには患家がありますゆえ、しばしば足を運んでおるのですがな」

朱之進の愉快な気持ちは続いていた。手強い相手を前にすると、嬉しくなる。

「ええ、おっしゃるとおり、初めから偽の名乗りをいたしました。理世どのを脅かしたくなかったもので、とっさにごまかすことにしたのです」

「理世のため、とおっしゃいますか」

「さよう。為永何某《ためながなにがし》という江戸の旗本のことは、理世どのもさすがにご存じかと思いましてな」

邦斎が顔色を変えた。冷静一色だったまなざしに、驚きとも恐れとも言えそうなものが浮かんだ。

振り絞るような声で、邦斎は尋ねた。

「理世の、実のご親族か？」

朱之進は微笑んだ。えくぼをつくって微笑むときの顔が理世と似ていることは、自分でも十分に理解している。父がまた、こんな顔をすると、年甲斐《としがい》もなく妙なかわいげがあるからと、女に持てるのだ。

「理世どのは拙者の妹ですよ。腹違いではありますが」

「何と……」

「二十年近く前、若輩《じゃくはい》ながら目付《めつけ》であった父が、勤めのために長崎へ一年遣わされたことがありましてね。勤めを果たして江戸に戻った後、娘が生まれたという知らせが長崎から届いたとのこと。父は喜んだようですよ。祝いの品を贈ったことを、屋敷の用人がよく覚えておりました」

朱之進は数に強い。算勘の才のみならず、帳簿の類の読み方も、教わるまでもなく理解した。帳尻のあった数の連なりは、錦よりも美しい。数ごとに色があるように、朱之進の目には映る。勘定の間違いがあれば、そこがくすんで見える。

人は嘘をつく。朱之進自身も嘘をつく。嘘は醜い。だが、嘘をつくことのできない数というものは、厳然として美しい。

金勘定のごまかされた記録を見つけたのは、朱之進が十の頃だった。くすんで濁って美しくない記録だった。おまえが屋敷の金を隠したのかと用人を問い詰めたら、長崎で暮らす腹違いの妹のことを詳しく教えてくれた。

その金の使い道については、父が直々に用人に命じたという。当時は存命だった祖母の手前、記録をごまかすことになったらしい。

十の頃にはすでに朱之進の実母は亡く、後妻として家に入った継母は、朱之進と同い年の弟を連れていた。弟も、笑った顔が父そっくりだった。その弟とは争い合わねばならないのが定められていて、屋敷の居心地はすこぶる悪かった。不快なり、不快なりと唱え続けていた。

朱之進の頭には、見も知らぬ妹のことがずっと引っかかっていた。

「その妹が江戸に出てきていると、養い親である長崎の薬種問屋から知らせが届いたのです。今年の夏になってからのことでした。すぐにも会ってみたいと思いましたが、理世どのを巡る家の事情はどうにも込み入っている様子。それで、兄とは名乗らずに様子を見ることにしたのです」

理屈におかしなところはあるまい。理世は縁談を反故《ほご》にされ、慣れない武家暮らしを送っていた。晴れない顔をしていた頃もあったようだ。

邦斎はじっと朱之進を見据えている。

「理世をどう思われた？」

利発な娘なので手駒として有用かもしれない、と思った、などと正直に明かすはずもない。

「初めて顔を合わせたときは、少し驚きました。きょうだいとは似るものなのですね。拙者も自分で似ていると感じましたし、弟ともやはり似ておりますから。理世どのが小柄なところと髪の色がいくぶん薄いのは、生みの母に似たのでしょうかね。そのあたりは、拙者や弟とは異なりますので」

邦斎がぴしゃりと言い放った。

「しかし、今では大平家の娘です。縁談もこちらで調えてやろうと考えておる次第。理世のことを思うならば、口出しは無用にてお願い申します」

釘を刺されてしまった。

朱之進の目論見《もくろみ》は邦斎に悟られている。ならば、もう少し率直に言ってみようか。

「先日、一度は縁談を反故にした諸星家から再びの縁談が舞い込んだとお聞きしました。こたびは次男のほうが相手だという話ですが、そもそもあの家でよろしいのですか？」

朱之進としては、ちっともよろしくない。家格が低すぎる。親戚となっても値打ちがない。

「まだ縁談をお受けすると決めたわけではありませぬ」

「それは重畳《ちょうじょう》です。理世どのの器量と才覚、大平家の威信があれば、もっとよい家と縁づけるのでは？」

「決めるのは理世です。あの子は一度、縁談が反故になり、身寄りのないまま江戸で放り出されかけたのです。そのようなことが再びあってはなりませぬ。ゆえに、理世自身が信を置く相手との縁談を、我が家では望んでおります。理世の父として、私が、そうすることを決め申した」

朱之進は目を細めた。

「ご立派ですな。実に素晴らしい。拙者の父に爪の垢《あか》を煎じて飲ませたいものです」

「かたじけのうございます」

邦斎は表情を隠すように一礼した。

三

客間から現れた男に、理世はびっくりして足を止めた。

「朱之進さま？」

「おや、理世どの。お父上を少々お借りしておりましたよ」

「どこかお悪いのですか？」

そう尋ねてみながらも、朱之進の体の具合が悪いはずはないと、理世にもわかっていた。朱之進の顔色は、病人のものではない。もともと薬種問屋の娘であるし、大平家で過ごすようになってからはなおさら、体の調子を損ねた人を間近に見ているのだ。

案の定、朱之進はかぶりを振った。

「拙者の父のことで相談に上がったのです。まずは食事の見直しからということで、ほら、薬膳の献立を頂戴しました」

朱之進は袂《たもと》から紙片をのぞかせた。邦斎が患者に配っているものだ。腎や肝を労《いた》わるといった文言が見えたので、朱之進の父は酒を過ごしてしまったのだろうか。

「お父上の具合が早くよくなりますよう、お祈りいたします」

理世は、決まり文句を口にした。養生に関する助言などできないが、何か患者のために言ってあげたいとき、祈りを口にすることにしている。

いつの間にか、ナクトが理世の足下にすり寄っていた。朱之進がナクトを見下ろし、怪訝《けげん》そうな目をする。

「猫？」

「お話ししませんでしたっけ？　わたしが長崎から連れてきた子です」

「ああ、そうでしたね」

「猫はお嫌いですか？」

朱之進の口元にうっすらと笑みが浮かんだ。

「嫌いなわけではありませんが、好きとも言いがたい。猫も、犬も、狸《たぬき》も、狐《きつね》も、くさむらにいる蛇《へび》のようなものも、どう扱ってよいかわからぬのですよ。己よりも小さな体を持つ生き物はかわいがるべしと、普通は親から教わるものかもしれませせぬが」

何とはなしに、理世はぞっとした。思わずナクトを抱きかかえ、広縁の隅まで下がる。ぞっとしたのを悟られないよう、笑顔をつくってみせた。

「ごめんなさい。この子がお邪魔だったでしょう？　どうぞお通りになってください」

「お気遣い、痛み入ります。日を改めて会いに来ますので、将太どのによろしく」

「はい」

立ち去りかけた朱之進は、足を止め、振り向いた。

「理世どのに縁談があったとうかがいました。おめでとうございます」

笑顔ではなかった。口元を笑みのような形に歪めているだけの顔だった。

理世は目を伏せた。

「まだ正式にお受けしていません。迷っています」

「しかし、心を動かされてはいるのでしょう？」

「わたしが早く片づいたほうが、大平家のためになるのではないかと思って」

「早まってはなりませぬよ。相談ならば、拙者や霖五郎どのも乗ることができます。じっくりと考えてもよろしいのでは？」

朱之進はそう言って、ちょうど客間から出てきた邦斎に会釈をし、今度こそ振り向かずに帰っていった。


ナクトを抱えたまま自室へ引っ込んだところで、遠慮がちな声が障子の向こうから聞こえた。

「理世、少し、よいだろうか？」

大平家の三兄弟は、声そのものはよく似通っている。話し方が三者三様なので、聞き分けるのに苦労はない。

今の、優しく静かな話し方は、丞庵《じょうあん》兄上さまだ。

理世は急いで障子を開けた。果たして、丞庵が眉尻を下げた顔で、広縁に立っていた。

「丞庵兄上さま、何かご用でしたか？」

「先ほどまで屋敷にいた客人のことが気になってしまって。父上と長らく話していたが、病の相談ではないようだった。話の中身まで盗み聞きしたわけではないのだが……理世のことを話しているようなのが、耳に入ってきてしまってな。知り合いなのか？」

「将太兄上さまの、ええと、お友達といいましょうか。あ、学問のお仲間と言うほうが正しいと思います。吾平さんと同じように、京で遊学していた頃の学友さんが江戸に出てこられているというお話、丞庵兄上さまもご存じですよね？」

「ああ、深川の親類のもとに身を寄せている、霖五郎さんといったか」

「その霖五郎さんが、深川のお社《やしろ》に奉納された算額を通じて、先ほどの朱之進さまとお友達になったそうです。それで、二月ほど前、一緒に屋根舟に乗って江戸見物をしました。先月も二度ほど深川でお会いしました」

「理世とは三度会っただけ？」

「はい」

うなずきながら、理世も奇妙な心地になっていた。

朱之進が理世の縁談のことを気にしていたのが、何だか引っかかる。いや、理世に気があるとか、縁談を考えているとかなら、探りを入れてくるのもうなずける。しかし、朱之進の態度は決してそんなふうではない。

うぬぼれているつもりはないが、理世にも自分が人目を惹くという自覚がある。長崎にいた頃、恋文が届いたり縁談が持ちかけられたりというのは幾度もあった。

だから、朱之進が理世にまったく色目を向けていないことは間違いない。自信を持って言い切れる。

理世に恋をしている者の目というのは、杢之丞がそうだ。熱の入り方が違う。

丞庵は、言葉を選ぶようなそぶりで、理世に告げた。

「もし気掛かりなことがあれば、父や母に伝えるんだよ。私でも妻でも臣次郎でも、あるいは将太でも、話しやすい相手でいい。必ず、理世にとっていちばんよい道を考えるから」

理世は微笑んでみせた。

「ありがとうございます、丞庵兄上さま。でも、大丈夫ですよ。不安なことなんてありません」

同意するように、ナクトが「にゃーん」と鳴いた。

もしも不安なことがあれば、真っ先に、将太と二人でつけている日記に書こうと思った。顔を合わせ、声に出して話をするより、日記の文字で打ち明けるほうがよいときもあるのを、近頃、理世は感じている。

四

将太が湯島《ゆしま》の坂を上るのは、七月に勇実の屋敷を訪ねていって以来だ。あのときは日差しが暑かったが、初冬十月ともなると、吹き下ろしてくる風に冷たさを感じる。

あのときと違うのは、まだ昼前の刻限に、筆子たちとともにいるということだ。

今日は手習所勇源堂の筆子たちを連れて、湯島天神《ゆしまてんじん》に向かっている。去年まで筆子たちを教えていた師匠、白瀧勇実と久方ぶりに会うのだ。

勇実は今、湯島にある昌平坂《しょうへいざか》学問所で史学の教導《きょうどう》の任に就《つ》いている。屋敷地も本所から湯島に移ることになった。

懐かしい人に会うのと、めったに足を向けない湯島へ皆で出掛けるというので、筆子たちはうきうきと弾んでいる。

十人余りの子供たちがそれなりに行儀よく一団となって歩いていくさまを、すれ違う人々がちょっと珍しそうに見ていた。青菜や大根や魚なんかを商う振売《ふりうり》、道具を担いだ鋳掛屋《いかけ》や雪駄直《せった》しや錠前直し、おもしろい格好をした飴売り。

筆子たちのほうも町場の様子に興味津々だったが、ぱっと飛び出していく者はいなかった。決して誰も迷子にならないように皆で目を配り合うこと、と固く言い含めてきたからだ。むろん将太も道中ずっと目を光らせていた。

おかげで、もうすぐ湯島天神だ。無事にここまでたどり着いた。この坂を上れば、勇実との待ち合わせの場所である。

かすかな金木犀《きんもくせい》の香りが漂ってくる。赤や黄へと色を変えた木々の葉が目に鮮やかだ。低木に絡みつく蔓草《つるくさ》の葉の陰に、指先ほどの大きさの零余子《むかご》が生《な》っている。

筆子の中で最も草木に詳しいのは、版木屋の子の白太《しろた》だ。歳は十四。本物そっくりな絵を描くのが得意な白太の目は、ほかの誰にも見えていないような細かなものまで、刹那《せつな》のうちにとらえる。

「上をご覧よ。あけびの実が色づいているよ。あの紫は、柔らかくって、とてもいい。実は食べられる。種が多いけれど、甘くておいしい」

訥々《とつとつ》とゆっくり語ってくれるのを、すぐ隣で、十蔵《じゆうぞう》がふむふむと聞いている。かわいらしい顔をした十蔵だが、中身は実にしっかり者で、四つ年上の白太の世話をよく焼いている。

何せ白太は、草木や虫に夢中になると、足下を確かめるのすらおろそかになる。放っておいては、石につまずき、土のくぼみにはまり、犬の糞《くそ》を踏んづけてしまう。危なっかしくてかなわないので、十蔵たち年下の筆子仲間が手を貸し、目を掛け、口を出してやっているのだ。

そのぶん、白太のそばにいれば、普段は目にも留めないおもしろいものに気づくことができる。白太と十蔵のそばをうろちょろしているのは、将太の甥《おい》の卯之《うの》松《まつ》だ。歳は七つで、この秋に勇源堂に通い始めたばかりだが、もうすっかり馴染んでいる。

「どんぐり！」

卯之松が嬉しそうな声を上げて、丸いどんぐりを拾った。

振り向いた白太が、一目見ただけで、そのどんぐりの正体を言い当てた。

「柏《かしわ》の木のどんぐりだよ。天神さまの近くだから、『葉守《はもり》の神』の柏が植えてあるのかな」

指差す先に見えるのは、冬になっても葉をつけたままの大木だ。端午《たんご》の節句《せっく》に食べる柏餅は、この木の葉っぱでくるんである。

白太の言葉を聞きつけて、先頭を歩いていた久助が、ぱっと将太のもとに飛んできた。

「なあなあ、今、天神さまの近くって言った？」

「ああ。もうまもなくだ」

将太が物見遊山《ものみゆさん》用の絵図を確かめながらうなずけば、久助は跳び上がった。

「それじゃあ、ここから先は駆け比べだ！　将太先生、もうそろそろいいだろ？」

やかましいほど元気な久助は、筆子のうち男の子の頭領格だ。十二のやんちゃ坊主は、言って聞かせておとなしくなるものではない。むしろ、ここに至るまでの道のりの間、おもしろそうな路地にも飛び込まず、年下の筆子たちに気を配って歩いてくれたのだから、十分に立派だった。

将太は千紘に目配せした。千紘は上り坂に息を切らしながら、どうぞと手をひらひらさせた。

「走りたくない子や遅れてしまう子は、わたしが見ておくわ。将太さんたちは先に行って。大騒ぎしながら行ったら、兄上さまもすぐに見つけてくれるでしょうし」

筆子たちの引率は将太と千紘だけでなく、寅吉も一緒に来てくれている。

将太や千紘と同い年で二十の寅吉は、蕎麦屋《そばや》に住み込みで手伝いをしながら、下っ引きとしてあちこち探索して回っている。江戸の町の北半分については細かな道まで詳しい。万が一、迷子が出てしまったときも頼りになるということで、ぜひにと頼んで、来てもらったのだ。

将太は千紘の言葉を聞き、久助に許しを出した。

「それじゃあ、湯島天神の境内《けいだい》まで、駆けていきたい者は駆けるとするか。勇実先生が待っていてくれるはずだ。そこまで最初にたどり着いた者が勝ちだ」

久助と、相棒の良彦《よしひこ》が、勢いよく拳を突き上げた。

「よっしゃ、行くぞ！」

それを合図に、男の子の大半が一斉に坂道を駆けだす。

女の子たちは呆れた顔で、千紘とともに殿《しんがり》を守っている。寅吉もこちらにつくことにしたようで、男の子たちに声援を送っている。

のんびりした気性の白太も殿だ。いつの間にか声変わりをし、背丈も千紘を追い抜いていた。大人に足を突っ込みかけた年頃の白太がついていてくれれば、寅吉ひとりでおなご全員を見守るよりも安心だ。

駆けだしたはいいが、たちまち遅れた者もいる。卯之松である。大平家の血を引いて、体はそれなりに大きいものの、まだ七つ。手足の操《あやつ》り方が不器用で、速く走ることができない。ここに至るまでの道のりで歩いた疲れもあって、たちまち息を切らしてしまった。

「ゆっくり来るか？　ほら、白太は後から来るぞ」

「走る。置いていかれるのは嫌だ！」

大声で言って、なおも駆け続けようとする。が、足がもつれた。転びかけたところを、将太はひょいと抱えて支える。

「皆に追いつくまで、俺の背中に乗るか？」

提案してみると、嫌がるかと思いきや、卯之松は目を輝かせた。

「負《お》ぶってくれるの？」

「皆のところまでだぞ」

背中を向けるや否や、飛び乗ってくる。

甥っ子はこんなにやんちゃでわがままだっただろうか？　いや、手習所に通い始めてからだな、と将太は苦笑した。このくらいのわがままは、大したことでもない。こんな簡単なことを言えずにいるほうがよくないだろう。

つかまっていろよ、と告げ、将太は坂道を駆けだした。

大柄で脚の長い将太は、一歩一歩が大きい。すばしっこい子供のように手足を素早く動かすわけではないが、ずんずんと前に進んでいけば、たいていの者より速く走れる。

しかし、先頭を行く久助と良彦には、ここからではさすがに追いつけそうにない。十二の子供でもあんなに足が速いのか、と改めて感じる。筆子たちはどんどん育っていくものだ。

湯島天神は、徳川《とくがわ》将軍家の幕府が開かれるより前から、江戸の地を見守ってきたという。

立派な社には、天神さま、すなわち菅原道真《すがわらのみちざね》公が祀《まつ》られている。道真公は学問の神として有名だが、人として生きていた頃から学問や詩歌に秀《ひい》でていたそうだ。政敵である藤原時平《ふじわらのときひら》の謀略により左遷《させん》の憂《う》き目《め》に遭《あ》って、一度は都に禍《わざわい》をなす神と変じたという。しかし後世で天神さまとして祀られ、今でも人々に慕われている。

湯島天神は、境内の菊が見頃とあって、人々でにぎわっている。とはいえ、両国橋《りょうごくばし》西の広小路《ひろこうじ》であるとか、日本橋の大店が並ぶ通りと比べれば、大したことはない。高台であるから見晴らしもよく、すがすがしい心地になる。

大きな梅の木を目印に、駆け比べの筆子たちは次々と集まった。子供ばかりがわあわあと騒ぐ中、ひときわ体の大きな将太が交じっているのは、少し離れたところからでもよくわかったのだろう。

「おおい、皆！　来てくれたか！」

懐かしい声が聞こえた。ぱっとそちらを見やれば、勇実が手を振りながら、小走りにこちらへ向かってきている。

わあっと筆子たちは歓声を上げた。

「勇実先生！」

久助や良彦、十蔵、それから御家人の子の淳平《じゅんぺい》や才之介《さいのすけ》も、勢いよく勇実のほうへ駆けていく。飛びついて揉みくちゃにしてしまうかと思いきや、勇実の後ろからひょいと顔をのぞかせた小さな人影にびっくりして、皆ぴたりと足を止めた。

「鞠千代《まりちよ》！」

「えへへ。皆さま、お久しぶりでございます」

麹町《こうじまち》に屋敷地を持つ旗本、乙黒《おとぐろ》家の次男坊、神童とも名高い鞠千代である。

「鞠千代も来るなんて聞いてなかった！　ああ、よかった！　家の仕事を妹に代わってもらうのは心苦しかったんだけど、来てよかったよ！」

手習所ではいちばん仲の良かった丹次郎《たんじろう》が、涙声になって鞠千代に抱きついた。

丹次郎の家では炭団《たどん》を商っているので、そろそろ冬支度を始める今の時季あたりから忙しくなる。例年であれば、手習いに出てこられない日も増えてくる頃だ。しかし、弟妹が丹次郎のために、今日だけは気兼ねなく行ってらっしゃいと送り出してくれたらしい。

鞠千代は、丹次郎の喜びっぷりに照れ隠しをするように、背比べの仕草をした。

「わたくし、皆さまと会わないうちに背が伸びたのです。柱に刻んでみたら、二寸近くも伸びていたのですよ。でも、丹次郎さんも同じくらい伸びたのではありませんか？　まだまだ追いつけませんね」

「伸びたよ！　でも、そんなのどうだっていいだろ。もう、どうして鞠千代はそんなに平気な顔をしてるのさ！」

「丹次郎さんがわたくしのぶんまで感極まった顔をしているからですよ」

鞠千代の齢は十だが、こまっしゃくれた話しぶりは大人顔負けだ。俺よりよほど大人びた話し方ができる、と将太は思う。

並みの子供が身につけるべき手習いは、鞠千代はとうの昔に終わっている。四書五経も一言一句違《たが》わずすべて諳《そら》んじている。ついでに、勇実の手習所に通っている間になぜだか覚えてしまったそろばんの技も、大店《おおだな》の番頭の前で披露《ひろう》できるほどの速さと鮮やかさである。

その鞠千代が学問の師として選んだのが、白瀧勇実だった。

今年の正月から春先まで、勇実は大怪我をしたのがもとで病みついていた。その後、昌平坂学問所で史学を教えたり書庫の管理をしたりというお役に就くことを決め、湯島に移り住んだ。

そうした諸々の変化が起こり続けた間、鞠千代は悩みに悩んでいた。

鞠千代はもともと、五日に一度、駕籠《かご》を使って通ってくるのが取り決めになっていた。勇実のもとで手習いを受けたいが、麹町と本所では遠すぎるためだ。本所に来ない日は、屋敷に朱子学の師匠を呼んで、昌平坂学問所の入所試験に備えるための策を叩き込まれていたらしい。

勇実の手習所は鞠千代にとって、ただの学びの場ではなかった。仲間たちと会える場であり、かけがえのない時を過ごせる場だった。

鞠千代は、勇実が本所の手習所から離れるにあたって、本所へ通うのをやめた。湯島の勇実のもとへ、今までと同じように五日に一度通って学びを授かることを選んだ。昌平坂学問所で学びを修めて学者になるのが、鞠千代の進むべき道なのだ。そのために、手習所の皆とはお別れをした。

最後に筆子仲間の前にあいさつに来たとき、鞠千代は武家の子らしく気丈に振る舞いながらも、ついには男泣きに泣いてしまった。

勇実が皆を見渡して、にこにこしている。

「鞠千代が来ることを秘密にしておいて、皆をびっくりさせたかったんだ。どうだ、びっくりしたか？」

「びっくりした！」

筆子たちが口を揃えるので、勇実も満足そうだ。

千紘と女の子たち、のんびり組の白太たちも姿を見せた。寅吉が勇実のところへ飛んでいって、ひょこひょことお辞儀をする。下っ引きの務めの絡みで、寅吉は勇実のもとにもたびたび顔を出しているらしい。勇実が手掛けた「勇源堂」の扁額《へんがく》を背負って運んでくれたのも寅吉だった。

千紘も軽く兄の勇実と言葉を交わすと、筆子たちに向き直って、ぱんと手を打った。

「さあ、皆、天神さまへのお参りはまだでしょう？　これから皆で行ってきましょうか。お庭のきれいなところでお弁当を食べるのは、天神さまへのごあいさつを済ませた後よ。いい？」

わあわあと騒いで収まりのつかない男の子たちも、千紘がきびきびした声で告げると、「はーい！」とよい返事をする。

そのあたりの仕切り方は、千紘が将太より何枚も上手《うわて》だ。正月に勇実から手習所を引き継いだ頃は、なかなかうまくいかなかった。いつの頃からか千紘がうまくやれるようになっていたので、こつを聞いてみた。

「お弁当かおやつを話に絡めた上で、物事の順番をはっきりさせるのよ。順番といっても、せいぜい三番目までね。こちらが先であちらが後、という言い方くらいでちょうどいいと思うわ。将太さんもこの手を使ってごらんなさいよ」

簡単そうに千紘は言うが、どうだろうか。きっちりと自分の役割を果たせる千紘の言葉だから皆が聞くのであって、将太が同じことを言ってみても駄目な気がする。

一行は、鞠千代を含めて子供が十五人、大人は勇実を入れて四人という、なかなかの大所帯である。それが一団となって、ぞろぞろと境内を歩いていく。

あたりには、物見遊山の客はもちろん、儒者髷を結った若者の姿もちらほらある。学問所の学生が気晴らしで散策をしているのか。あるいは、学問所に入るべく勉学を重ねている者が学問の神に願掛けに来たのだろうか。

「十日と二十五日には縁日がおこなわれるが、そのときの人出はすごいものだよ。九月の月見の折も、かなりの見物客が来ていたな」

勇実がぼやくような口調で言った。人混みが苦手なのだ。

「正月の初日の出の折も、人が押し寄せると聞いていますよ」

「ああ、今年の正月も人だらけだった。寝正月の邪魔をされるのは嫌だなあ」

相変わらずなことを言うので、筆子たちが「ぐうたらだ！」と勇実をからかった。

大人であれば、料理茶屋にでも上がって昼餉と昼酒を楽しむところだが、子供はそんなわけにもいかない。昼餉は皆それぞれ弁当を持ってきていた。

初めに集まった梅の木の一角は、花が見頃の春先であれば見物客が押し寄せて、到底近寄ることもできないだろう。が、今は実の時季もとっくに過ぎている。

勇実が梅の太い幹に触れながら言った。

「この木のまわりなら、ほかの参拝客の邪魔にならないだろう。ここで弁当にしようか」

それじゃあ、と久助が枝を拾って声を上げた。

「木陰が届いてるところが俺たち勇源堂の筆子の陣地ってことにしよう！　線を引いておくから、昼餉を食ってる間は、はみだすんじゃないぞ！」

言うが早いか、地面に線を引き始める。良彦や丹次郎も手伝って、あっという間に陣地が出来上がった。

そうやって自分たちで決まり事を定めてくれるときは、将太はほっとする。元気があり余ってめちゃくちゃなことをしでかす筆子たちだが、あんなふうに自分たちで言いだした約束は案外きっちり守るのだ。

陣地の中の思い思いの場所に腰を下ろして、にぎやかな昼餉が始まる。

勇実のまわりには筆子たちがくっついているので、将太は卯之松と一緒に、少し離れて座った。卯之松は、会ったことのない勇実のことが気になるようだが、自分から話しかけに行くわけでもない。いつも面倒を見てくれる年上の筆子たちが勇実にかまけているので、うらやむような目を向けている。

勇実をからかう声が聞こえる。

「わあ、勇実先生の弁当、うまそうだなぁ！　菊香《きくか》先生って料理上手なんだろ？」

菊香先生と筆子たちが呼ぶのが、勇実の新妻だ。二年余り前に朝顔の花で染物をしたとき、菊香が教えに来てくれた。それで、筆子たちは先生をつけて呼んでいるのだ。

おしとやかで物知りで、それでいて武術に優れる美人の菊香に、幼い男の子たちが憧《あこが》れるのも当然だった。勇源堂の筆子たちは菊香贔屓《びいき》と千紘贔屓に分かれ、本人たちの耳に入らないところで、こっそりと論を交わしていたものだ。

勇実はにこやかに応じている。

「そうなんだ。菊香さんは料理がうまい。いつも食事が楽しみなんだよ」

筆子たちはますます調子に乗ってからかい始めた。

「いいなあ、美人の菊香先生を独り占めにしてさ。勇実先生、幸せそうだ」

「近頃は夜更かししなくなったんでしょ？　夜中まで本にうつつを抜かしていたら、奥さんに叱られるもんな」

「でも、祝言を挙げたばかりの夫婦はあんまり夜眠らないって聞いたよ」

「それはそれ、これはこれってやつだろ。何にしろ、勇実先生は前より顔色がいいよ。だろ、白太？」

「顔色、いいね。勇実先生、しっかり眠れるようになった？」

「勇実先生が眠れなかったのは、一人で寝るのが寂しかったからじゃないのー？」

「いよっ、ご両人！」

大人が言うのを真似してのことだろう。ませた口ぶりで言うものの、どこまできちんとわかっているのか。子供ならではの遠慮のなさに、横で聞いている将太のほうがはらはらしてしまったのだが。

「おまえたちの言うとおりだ。菊香さんが私の手綱《たづな》を握ってくれているおかげで、近頃は体の調子もいい。夜にぐっすり眠れるのと、うまい料理を食べさせてもらえること、何より、愛しい人の顔をすぐそばで見ていられるというのは、健やかに暮らす秘訣《ひけつ》なのだろうね」

勇実が穏やかな顔で平然と言ってのけたので、将太も筆子たちも驚いて固まってしまった。

鞠千代がぽつりと言った。

「以前から、もしやと思ってはいましたが……お師匠さま、すっかり大人になってしまわれたのですね……」

　色恋絡みで大人をからかうことにかけては最先鋒《さいせんぽう》の良彦が、目を真ん丸にしてうなずいている。

「大人になったな、勇実先生」

　つい去年までは、菊香のことでちょっとからかうだけで、勇実は真っ赤になっていた。「そんなことを言っては菊香さんに迷惑が掛かる」という言い訳をするばかりで、勇実が菊香に色恋の情を抱いていることを否定しないのだから、からかうには格好の獲物だったのだ。

　それが、こんなに堂々とされてしまうと、筆子たちとしてはどうしてよいかわからないらしい。

　当の勇実は、筆子たちにずいぶんな衝撃を与えてしまったことに気づきもしない様子で、菊香の手作りの弁当を幸せそうに口に運んでいる。

　各々《おのおの》昼餉を済ませ、ひと休みすると、筆子たちは梅の木の下の陣地を飛び出していった。

「おいらたちは鞠千代と話すことがあるから、大人は聞きに来るなよ！」

そう言って、梅の紋の彫られた石灯籠《いしどうろう》のそばで輪になって座り込む。全員が目の届くところにいるから、よしとしよう。寅吉が梅の木の陣地を離れていく。死角がなくなるよう、こちらとは違う地点から筆子たちを見張ってくれるのだ。

ようやく筆子たちから解放された勇実が、将太のそばに腰を下ろした。

「そちらの坊やが、将太の甥っ子さんか？」

「ええ。上の兄の子で、卯之松といいます。理世が仲立ちになって、卯之松を勇源堂へ通わせるよう、義姉《あね》や母に話をしてくれたんですよ。そうだな、卯之松？」

「はい。ええと、お初にお目にかかります」

いくぶんたどたどしくはあるが、卯之松は勇実にあいさつをした。勇実は、自分の筆子に対するのとは少し違った感じの笑顔で応じた。気恥ずかしくなったのか、卯之松は立ち上がって、鞠千代を囲む筆子たちのほうへ行ってしまった。

将太と勇実のほかに残っているのは、千紘を真ん中にした女の子たちばかりだ。

勇実が声を一段低くした。

「理世さんは元気にしているか？」

筆子に向けての声ではない。少し低く、いくらか早口になるのは、大人同士で話すときの口調だ。

そういうふうに切り替えができればよいのに、将太の声はいつも大きい。それをなるたけ低くして、勇実の口調を真似てみる。

「はい、理世は元気そうです。朝は父と一緒に薙刀の稽古をするときもあって、筋がよいと誉められるそうですよ」

「あの小さな体で、薙刀か。理世さんは動ける人だろうと、菊香さんも言っていたが」

「剣術も体術も得意な菊香さんがそう言っていたと聞けば、理世は喜びますよ。勇実先生によろしくと言っていました。暮らしがすっかり変わって苦労があったりするのでは、と少し心配してもいました」

「そうだな。ぽっと出の私が偉いお役人の口利きで昌平黌のお役に就いたわけだから、陰口の一つや二つ、言いたい人もいるようだ。私のほうでは、別に気にもしていないがね。屋敷に帰れば、愛しい妻が待っていてくれる。それだけで満たされる」

「なるほど。うらやましいです」

大切な人の顔を見たら元気になれる、と将太も屈託なく言えたらいいのに、近頃は逆に苦しくなるときがある。

勇実が将太の顔をのぞき込んだ。

「将太はどうだ？　元気にしていたか？　心配事があるようなら、聞くぞ」

そう来ると思っていた。将太は、準備していたとおり、満面に笑みを浮かべてみせた。

「俺の心配事は、一つ片づきそうなところですよ。理世に縁談が来たんです。もともと大平家との縁組を望んでいた旗本の諸星家が、こたび改めて話を持ってきたんですよ。それがなかなかいい話のようで。こたびの相手である次男の李之丞さんは、誠実な人だそうです」

一言一言、発するたびに、ずきずきと胸が痛む。

痛みに従ってはいけない。顔をしかめたりなど、するものか。

理世にとっても大平家にとっても、この縁談は慶事だ。喜び、祝うべきことだ。理世も日記に書いていた。初めの縁組の相手はちゃらんぽらんな人だったので、あのまま話が進んでいたら嫌だった。けれど、こたびの相手はその弟とはいえ、話してみたら、とてもよい人だったという。

「猫が好きな人で、どうしてもと言って持ってきた贈り物が、ナクトのためのものだったんです。何と、ビードロでできた深鉢ですよ。猫はほどよい大きさの箱や鉢に入るのを好むそうですね。確かにナクトはよくその深鉢の中でくつろいでいるんです。俺、そんな贈り物、考えつきもしなかった」

杢之丞さんはすごい、杢之丞さんはいい人だ。俺なんかとは比べ物にならないくらい、気が回る人なんだ。

そういう話を、将太は繰り返した。あまりうまい話し方ではなかった。順序立てて話せるよう備えてきたはずなのに、言葉がうまく口から出てこない。

ひととおり話を聞いていた勇実が、ほどよいところで一言、問いを挟んだ。

「ナクトというのが、理世さんの猫の名なんだな。猫の名としては耳慣れない響きだが、異国の言葉なのか？　それとも、長崎の言葉？」

将太は息を呑んだ。動きが固まった。

しまった、と思った。

そろそろと息を吐きながら、妙に力の入らない手で口元を覆う。

「人前ではクロと呼ぶことになっているのに……家族も皆、クロと呼ぶようにしてるんです。そういうふうに取り決めて、でも、理世と俺だけはこっそりもとの名を呼び続けようという約束で……なのに、うっかりして、その名を明かしてしまいました……」

途端に罪悪感に襲われる。

勇実は将太の肩をぽんと叩いた。

「わかった。猫の名は、クロというんだな。真の名は聞かなかったことにする」

「はい……」

「将太、無理をするな。義理堅い将太が、理世さんとの大切な約束を忘れてしまうなど、ちょっとおかしいぞ。隠し事が必要な場面もあろうが、心に無茶を抱え込みすぎるな」

勇実の気遣いに、将太は素直にうなずけなかった。だから、体を強張らせたまま、じっと己の膝を見ていた。

俺は理世の兄だ、と自分に言い聞かせる。理世の縁談を喜ぶべきだ。理世のために、その背中を押してやるべきなんだ。

腹の奥がじりじりと焦げつくかのように痛んで疼《うず》く。傷や病の痛み方ではない、と冷静に見分けている自分がいる。このくらい大したことでもないと自分に言い聞かせている。

こらえろ。落ち着け。暴れるな。世の中はそういうものなのだと、物わかりの悪い鬼子にも呑み込ませろ。理世の兄でなくてはならない。大平将太よ、おまえはもう鬼子であってはならない。それを肝に銘じろ。

「少し、時がかかりそうです」

食い縛った歯の間から、呻《うめ》くように言った。大声を出してしまいがちな将太には珍しく、ほとんどかすれてしまったその言葉は、勇実にしか聞こえなかったはずだ。

「うん。もしもどうしようもなくなったら、おいで。逃げてきていいんだよ」

勇実の手のひらの熱が、将太の肩にじんわりと染みた。

五

久助の耳に、桐の弾んだ声が飛び込んできた。

「そりゃあ、うんと年上だったし、また会えるかどうかもわからない人よ。でも、ちょっと夢を見てたっていいじゃない！」

またあの話だ。

久助は顔をしかめた。

桐が昨日の朝、たまたま出くわしたという男前の侍の話。朱色の下緒の君とかいうやつのこと。桐はその侍のことばかり話している。そいつは、桐がぶつかってしまった非礼を怒ったりなどせず、優しく声を掛け、手を握って立たせてくれたのだという。

「男前、色男、二枚目ねえ。わかんねえなあ」

昨日から久助はぼやいてばかりだ。

矢島道場で汗を流す近所の御家人の兄さんたちも、なかなかの男前揃いだと思う。久助がもうすぐ仲間入りするはずの、鳶の兄さんたちとは肉づきの感じが違うが、どっちにしたって見事な体で格好がいい。

が、桐が熱心に語る男前というのは、そういう類《たぐい》ではないらしい。桐だけでなく、ほかの女の子たちまでも、会ったこともないくせに、朱色の下緒の君にきゃあきゃあ言いだす始末。

もちろん久助は、目を輝かせる桐に冷水を浴びせてやった。

「役者みたいに男前で、上品そうな話し方をする侍だって？　寝ぼけて夢でも見たんじゃないのか？」

しかし、桐が将太先生に確かめたところ、「えっ」と驚いた声を上げつつも、その侍が実に男前だというところにはお墨つきを与えていた。そのいけ好かないやつ、確かに将太先生の友達らしい。

「朱之進さんは、まあ、俺や霖五郎さんの学問仲間だよ。黙っていると近づきがたいくらい、姿かたちが整っている。皆が知っている人で、誰がいちばん近いかなあ……尾花琢馬《おばなたくま》さんかな。育ちがよくて、品がよくて、刀が好きだからか自分自身も刀みたいなところがある。そういう人だ」

尾花琢馬さんというのは、勇実先生の友達だ。手習所がまだ勇源堂と名づけられていなかった頃、琢馬さんはときどき顔を出すことがあった。お洒落な人で、いつも着物からいい匂いがしていた。絵の才を買っているとかで、白太への接し方が特別なのは、見ていてわかった。

琢馬さんとは、あいさつや世間話くらいはしていたが、あまり仲良くはなれなかった。何となく近づきにくかったのだ。間に勇実先生や白太を挟まないと、うまく話が回らなかった。久助は町人のわりに武士に慣れているほうだが、琢馬さんは、矢島道場にやって来る武家の兄さんたちとは何だか違っていた。

そうか、桐が好きなのは、ああいう感じの武士なのか。ちょっと近づきにくくて、いけ好かないくらい男前で、よく研《と》がれた刀みたいにきらきらしたやつ。

久助は、ひなたで立ち尽くして、桐の背中を睨んでいた。

年下の連中は、鬼ごっこなんか始めている。一緒に遊んでやろうと思っていたが、桐が女の子たちと夢中になって話しているのが気になって、足が止まってしまった。

どすん、と横合いからぶつかられる。良彦がにやにやしながら久助の顔をのぞき込んできた。

「男の焼きもちは嫌がられるぜ」

「何言ってんだ、馬鹿」

「武家の縁談ってやつはさ、十《とお》や一回りくらい歳が離れてることもよくあるらしいぞ。淳平が言ってた」

「だ、だから、おまえ、さっきから何言ってんだ！」

「わかってるくせにー」

良彦は、久助の横腹に肘《ひじ》をぐりぐりと突き入れてくる。声変わり途中のかすれ声はちゃんとひそめてあるので、桐のところには聞こえていないはずだ。

「そういうんじゃないって言ってんだろ！」

久助はうんざりしてきて、良彦の肩を突き飛ばした。けっこう本気で力を込めてやったのに、さすがは鋳掛屋の子。重たい道具を持ち慣れているから、足腰がどっしりしている。そうたやすくひっくり返ったりなどしない。

と、そのときだ。

「わあ！」

あどけない悲鳴が上がった。あの声は、卯之松だ。

見れば、地をのたうって這《は》う木の根に足を引っかけて転んだらしい。その足がまだ木の根にとらわれているのを見るや、久助は飛んでいった。

「おい、大丈夫か！」

身の軽さでは勇源堂でも随一の久助が、真っ先に卯之松のもとにたどり着いた。しゃがみ込んで卯之松の肩をつかむ。

卯之松は目に涙をためているが、ぐっと唇をへの字にして、泣き声をこらえている。

良彦と桐が、ほとんど同時に飛んできて、すぐそばに身を屈めた。

「うわ、卯之松、足をひどくひねったみたいだな」

「卯之松ちゃん、ちょっと辛抱《しんぼう》してね。足を木の根から引き抜くから。久助、卯之松ちゃんのすねのところ、支えてあげて」

桐がてきぱきと指図《さしず》してくる。こういうとき、多少慌てていても口の回る桐がいると、とても頼もしい。言葉にしてもらえたら、目の前にある事柄がすとんと腹に落ちてくる。

久助が卯之松の脚をそっと持ち上げてやり、手指の力が強い良彦が木の根をぐいと押し広げる。桐が卯之松の草鞋《わらじ》を脱がせてやりながら、どうにか足を木の根の絡まりから解き放った。

この頃になると、もちろん将太先生や勇実先生、千紘先生も駆けつけていた。

「卯之松、大丈夫か？　ひどく痛むか？」

将太先生は色を失って尋ねた。良彦が将太先生のために場所を譲った。

久助は桐を手伝って、卯之松の足袋《たび》を脱がせた。二人がかりでそっとやらないといけないくらい、あっという間に、卯之松のくるぶしが腫れ上がっている。

卯之松は気丈に声を張り上げた。

「わ、わたくしが足下を見ていなかったせいなのです！　ほかの誰のせいでもなく、わたくしのせいです！」

桐が将太先生に言った。

「将太先生、骨が折れていないかどうか、確かめてください。骨が折れていたら大変だけれど、くるぶしの筋をひねっただけなら、治るのにさほどかからないんでしょう？　わたしの兄上さまたち、手首や足首をよくひねっているけれど、ちゃんと治っているもの」

　将太先生は、水から上がった犬みたいに、ぶるっと頭を振った。深い息をつくと、少し落ち着いたらしい。慎重な手つきで卯之松のくるぶしの腫れたところにそっと触れ、ふくらはぎや足の甲も確かめた。軽く動かしてみる。

「骨は大丈夫だ。桐の言うとおり、筋をひねっただけだろう。誰か、手ぬぐいを水で濡らしてきてくれないか？　冷やしてやれば、じきに腫れが引くはずだ」

　久助は立ち上がった。

「俺、行ってくる！」

　駆けだしたところで、桐がすかさず追ってきた。

「待ちなさい！　あんた、手ぬぐい持ってきてないんでしょ！」

「あっ」

　そうだ。昼餉のとき、水筒の水を呷《あお》ったら、ちょうど良彦が笑わせてきたせいで噴き出してしまった。口元が濡れたので手ぬぐいを探したら、なかったのだ。

　桐から「手ぬぐいくらい持ってないの？」と呆れられた。久助は「たまたま今日は忘れてきたんだ」と言い訳をした。ちょっと嘘だ。本当は、二日に一度は忘れているし、しょっちゅうなくしてもいる。

これみよがしにため息をついた桐は、自分の手ぬぐいを取り出して久助に押しつけた。

「お手水《ちょうず》で濡らしてきて」

「お、おう」

こいつ、こんな手ぬぐいを持ってるんだな。

朱色の地に白抜きの麻の葉模様の手ぬぐいだ。「武家の娘はちゃらちゃらしないものなの」なんて言って、着物はいつも地味なのを着ている。だから、こんな鮮やかな色の手ぬぐいを持っているとは思っていなかった。

いや、今までにも、桐の手ぬぐいくらい、見たことがあってもおかしくないはずだ。でも、覚えていなかった。気に留めていなかったのだ。

「くそっ」

つい汚い言葉を吐いてしまう。別に、気に食わないことがあるわけでも、何かに腹を立てたわけでもないはずなのに。

手水で濡らした桐の手ぬぐいを、急いで走って卯之松のもとに届ける。将太先生と千紘先生が、卯之松の足を冷やすとか、くるぶしが動かないように縛っておくとかで、相談を始める。勇実先生が、入り用のものがあれば家から取って来ると言っている。

ちょっと離れたところでそんな様子を見ていたら、ぱしっと背中を叩かれた。

桐がすまし顔で隣に立っている。

「何すんだよ！」

「怒鳴らないでよ。よくやったって誉めてあげようと思ったのに。筆子の誰かが困ってるとき、久助がいつも真っ先に駆けつけるわよね。すごいじゃないの」

「そ、そんなの当たり前だろ。おいらは鳶の子だ。鳶は足が速いものなんだよ」

桐は、くすっと笑った。

その途端、久助は胸が苦しくなった。とびきり速く走った後みたいに、心の臓ががたごとがたごと、ものすごい勢いで騒いでいる。

桐は、別に絶世の美女というわけでもないし、頰の目立つところにほくろがあるし、かわいいか不細工かで分ければ、まあかわいいほうには入るだろうけれど、そんなにぱっとしない。

でも、笑った顔は、どうしようもなくかわいい。久助の目にしか映らないかわいさかもしれないけれど、とにかくかわいいのだ。

「お、おまえさ……おまえ、桐もさ、すごいよ。おいらはちゃんと見てる」

だから、おいらみたいなのが、おまえにはちょうどいいんじゃねえかな。朱色の下緒の君とかいう、よくわかんねえやつよりも、同い年のおいらくらいがいいと思う。

そんなことは、とてもとても言えないが。

桐は、またあのとんでもなくかわいい顔で笑って、久助の背中をぱしっと叩いた。

「ありがと！　頼りにしてるからね！」

言うだけ言って、ぱっと駆けていく。

頬がじわじわと熱くなってくる。その頬が緩んでしまうのを、久助は思いっきりしかめっ面をしてごまかした。

「いってえな！　いちいち叩くなよ！」

嘘だ。

桐が遠慮なく叩くのは久助だけ。ちょっと痛いくらいは辛抱するから、このまま久助だけにしておいてほしい。

頭の中も胸の中も、わけのわからない熱がぐるぐると渦巻いている。久助はだんだん耐えられなくなってきて、あああ、と声を上げながら、膝を抱えてうずくまってしまった。

第三話　直《なお》先生の正体

一

大平家の卯之松は、大平将太の教え子の一人だ。

卯之松にとって、将太は手習いの師匠である以前に叔父《おじ》である。同じ屋敷に住んでいるのだが、家ではほとんど顔を合わせない。将太が屋敷に戻るのはずいぶん遅くなってからだし、戻ったら戻ったで自分の部屋から出てこない。

でも、よいのだ。勇源堂ではたくさん、楽しい話をしているから。

卯之松が勇源堂に通うようになって、四か月くらいになる。筆子のみんなとは、もうすっかり仲良くなった。

先月、みんなで湯島天神に行った日に、卯之松は転んで足をくじいてしまった。みんなが卯之松を取り囲んで心配してくれたのが、嬉しかったけれど恥ずかしかった。足がずきずき痛んで泣きそうになったのをこらえたら、将太先生が優しい声で「えらいぞ」と誉めてくれた。

帰りは、将太先生が負ぶってくれた。怪我をしたところは、動かさなかったら痛まなかった。だから、将太先生の背中の上から、代わりばんこに話しかけてくれる筆子のみんなとおしゃべりをした。

でも、驚いたのは、本所に帰ってからだった。

いつもだったら、将太先生は手習いをお開きにした後、日が落ちて真っ暗になるまで、矢島道場で剣術の稽古をしている。でも、その日は千紘先生と寅吉さんにほかの筆子のことを任せると、将太先生は卯之松を背負って大平家の屋敷に飛んで帰った。

そして、卯之松が両親と暮らす、離れの小さな家に、将太先生は卯之松を連れ帰ってくれた。

珍しいことに、その日は父上さまがもう家に帰ってきていた。いつもより半刻《はんとき》（一時間）は早い。母上さまはいつものとおり、卯之松の帰りを待っていた。

卯之松が勇源堂に通うようになった頃から、夕餉《ゆうげ》の前後に、父上さまと母上さまがお話しするところをよく見かける。父上さまは口数が少ないから、母上さまがおしゃべりするのを、うなずきながら聞いているのだ。

将太先生は、負ぶっていた卯之松を上がり框《かまち》にそっと下ろすと、土間にがばりと平伏《へいふく》した。

「面目《めんぼく》次第もございません！　卯之松に怪我をさせてしまいました！　よく見ているつもりでいたのですが、やはり目が届かず。右のくるぶしをひねってしまったようです。俺がついていながら、誠に申し訳ありません！」

将太先生は、本当はとても声が大きい。でも、屋敷の中ではめったに口を開かないから、将太先生がどんな声をしているのか知らない奉公人もいるくらいだ。父上さまと母上さまも、将太先生の突然の大声に、びっくりしてしまったらしい。

卯之松だけは、将太先生の大声にも慣れているから平気だった。ただ、まさか将太先生がそんなにかしこまって謝るなんて思いもよらなかったので、そのことにびっくりしていた。

「将太先生、どうして謝るの？　わたくしが足下を見ていなかったせいで、木の根っこにつまずいたのです。怪我をしたのは自分のせいだし、何日かおとなしくしていたら治るって将太先生が言ったから、治るまでちゃんとおとなしくします」

卯之松がとりなしても、将太先生は冷たい土間に這いつくばったままだった。

父上さまが、卯之松と将太先生を見比べた。太い眉の端を、困ったように下げている。どう話しかけるかを迷うみたいに口を開いたり閉じたりしていた。何度目かで、ようやく父上さまは言った。

「子供が駆け回るうちに怪我をしてしまうのは、よくあることだ。大人がどれほど気をつけて見ていても、子供はつまずいたり転んだり、どこかに体をぶつけたり、どこかから落ちたりするものだ。将太、そうかしこまることではない。土間ではなく、畳に座りなさい。このままでは話ができない」

将太先生は土間から立ち上がった。でも、顔をうつむけている。体の脇に下ろした腕にはがちがちに力が入って、硬く握られた拳が震えている。

急に、卯之松にはわかった。

「将太先生、緊張しているの？　離れに来るのは初めてだものね」

怖いの、と訊いてみてもよかったかもしれない。そのくらい、将太先生の顔は強張っている。見開かれた目からは、今にも涙があふれそうだ。

卯之松には、将太先生の気持ちが何だかわかる気がした。父上さまがここにいるから言えないが、卯之松も、父上さまのことをちょっと怖いと思っている。前はもっと怖かった。

でも、卯之松が勇源堂に通うことを決めた日、理世さまの計らいで、父上さまが早く帰ってきた。卯之松は理世さまと一緒に門のところで父上さまを出迎えて、勇気を出してお話ししてみた。

あの日以来、父上さまはできる限り夕餉に間に合うよう、帰ってくるようになった。

卯之松はまだ、父上さまが夕餉に間に合わない日のほうがほっとする。父上さまは体が大きいし、あまりしゃべらないから、何を考えているのかわからない。そこにいるだけで、じんわりと怖い。でも、いないときは何となく寂しいとも思うようになってきた。

父上さまが母上さまに、お茶の用意を頼んでいる。母上さまは、はいと言って、将太先生にも声を掛けた。

「お上がりなされませ。卯之松を負ぶってきてくださって、ありがとうございます」

「湯島からずっとなんだよ、母上さま。将太先生がずっと負ぶってくれていたの」

「まあ。それはそれは、たいそうお世話になりました。卯之松も、お礼をおっしゃい」

「もう言ったもの」

卯之松は頰を膨《ふく》らませた。痛めた足を床につかないように、片脚立ちで将太先生に近寄って、腕をつかむ。上がって、と卯之松が頼んだら、将太先生は袴につけた埃《ほこり》を払って、上がり框に腰掛けた。

父上さまが卯之松に告げた。

「卯之松、ここに座って、足を診《み》せてごらん」

ここ、と指差されているのは父上さまの膝の上だ。赤ん坊みたいで恥ずかしいと思ったけれど、父上さまは真面目な顔をしている。お医者に怪我を診せるだけなのだ。ええい、と思い切って、卯之松は父上さまの膝に腰を下ろした。

父上さまは、将太先生がしっかり巻いてくれていた手ぬぐいをほどいた。くるぶしの腫れはまだ引いていない。でも、いちばん真っ赤に腫れ上がっていたときよりは、ずっとましになっている。

温かくて大きな父上さまの手が、卯之松のくるぶしのあたりを慎重にさわった。ひねってすぐに将太先生がやってくれたのと同じ触れ方だ。骨や肉の形を指先で探った後に、そっと動かしてみる。

「将太」

父上さまが呼んだ。

「は、はい」

「卯之松が足をひねった後、すぐに冷やしてくれたのか？」

「はい。木の根に足を引っかけて転んだ弾みで、くるぶしの筋をおかしなほうへ引っ張った形になり、痛めたのだろうと思いました。すぐに腫れ始めたので、まずは冷やすべきだと考え、そうしました」

「正しい手当てだ。診立ても正しいだろう。腫れが引くまでは冷やし、腫れが落ち着いたら、気や血《けつ》の巡りが滞《とどこお》らないよう温かくするのがいい。手当てがよかったおかげで、怪我の治りは順調と言えそうだ」

将太先生は、目を見開いて息を止め、お地蔵《じぞう》さんにでもなってしまったかのように固まっていた。

卯之松は、将太先生は一体どうしてしまったのかと不思議に思って、父上さまを見上げた。でも、父上さまも困った顔のまま、動きを止めた将太先生を見つめているばかり。

母上さまがお茶を淹れてきたので、将太先生は一応息を吹き返して、湯呑を受け取った。そして、ほどよく熱いお茶をぐいっと飲み干すと、落ち着きのない様子で礼を言って、離れを出ていってしまった。


「母上さま、将太先生はなぜ、お屋敷ではわたくしとしゃべってくれないのでしょう?」

夜、布団に入ってから、どうしても不思議になって、母上さまに訊いてみた。

母上さまは困ったような顔で微笑んで、父上さまのほうを振り向いた。父上さまは、手にしていた書物を文机《ふづくえ》に置いて、卯之松のそばへやって来た。

卯之松は、理世さまに教わったとおりに、父上さまの眉の形を見ていた。口数の少ない父上さまやお祖父さまとお話をするときは、眉がどんな形になっているのかをちゃんと見ていたら、気持ちが読めるのだという。

果たして、父上さまは眉尻を下げっぱなしだった。弱ったなあ、と言っているみたいだ。

父上さまは、声に出しての言葉でも、卯之松の問いに答えてくれた。

「屋敷で言葉を交わせずにいるのは、卯之松が悪いわけでも、将太が悪いわけでもない。私や臣次郎がもっと将太に寄り添ってやるべきだった。いちばん悪いのは、きっと私だよ。用がなければ話をしないのだから」

卯之松は、そうかもしれないな、と思った。将太先生はきっと、父上さまのことが怖いのだ。

でも、父上さまが悪いというのも、悲しいことだと思った。卯之松は、父上さまのことも好きなのだ。

「仲良くしたらいいのに」

当たり前のことを口にしたら、父上さまの眉は、それまでいちばん困ったみたいに、ハの字の形になってしまった。

二

冬十一月の半ばともなると、昼間でも空っ風がずいぶん冷たい。朝晩の冷え込みもきついので、風邪をひいて手習いに出てこられない筆子もちらほら出てくる。

将太は、しかし、冬のほうが好きだ。寒い寒いと皆が嘆く冬でも、さほどつらいと感じない。

先日、将太のもとへ朝餉を届けるついでに矢島家の庭での朝稽古を見物していた理世が、目を真ん丸にして驚いていた。将太が汗をかいたので肌脱ぎになっていたら、寒くはないのかと不審そうな顔をして、二の腕に触れてきたのだ。

「ぬっか！」

理世の口から飛び出した一言を、すぐには呑み込めなかった。一拍置いて、ああ、と得心する。

「ぬくい、と言ったのか」

「はい。だって、今朝は家の門を出るあたりで霜柱《しもばしら》を踏みました。そのくらい今朝は冷えているのに、将太兄上さまはこんなに汗をかいて、湯気まで上げているだなんて」

「しっかり動いたからな。理世は、黙って立って見ているだけでは寒かっただろう？」

「着込んできたから平気です」

そうは言うものの、将太の二の腕に触れた手はひんやりとしていた。小さな手だ。筆子たちと比べても大差ないどころか、十二の久助や良彦の手のほうが、理世の手よりもきっと大きい。

「理世の手は冷えているようだったが、しもやけにはなっていないか?」

「大丈夫。寒くてかなわないときは、薙刀の稽古をして体を動かして、温かくなるようにしているもの」

近頃、筆子の中にも手が冷たい子がいて、しもやけができていたりもする。将太の大きな手は温かいから、寒い日には大人気だ。しばらく手を握って温めてやれば、筆子たちは喜んでくれる。その間、いろんな話を聞かせてもらえるのも楽しい。

将太に稽古をつけてくれていた龍治が、首筋ににじんだ汗を拭いながら苦笑した。

「確かに、剣術や薙刀の稽古で動き回れば体が温まる。俺もすぐ体が温まるんで暑がりなほうなんだが、将太はとびっきりだな。日頃から健やかで熱が高めなのは、たぶんいいことだよ。病も怪我も、体が温かい者のほうが治りが早いと聞く」

理世が嬉しそうにうなずいた。

「大平家の血筋の人は皆、そうみたいです。卯之松ちゃんもですよ。赤ん坊や幼子は熱を出しやすくて、七つ八つになっても風邪をひきやすかったりするでしょう？　卯之松ちゃん、手習所で風邪をうつされても、一晩熱が上がるくらいで、次の日の昼にはすっかり治ってしまうんです」

　勇源堂に通い始めるまで、卯之松はほとんど屋敷の外に出ることがなかった。おかげで、初めのうちは次から次に、咳の風邪、腹の風邪、洟《はな》の風邪と、今までかかったことのない病をもらってくるのが続いた。

　しかし、周囲の心配をよそに、たとえ熱が上がったとしても、一晩眠ればけろりとしているのだ。理世の日記によると、次兄の臣次郎が「これじゃあ薬の作り甲斐がない」などと冗談を言っていたらしい。

「風邪でも何でも、すぱっと治っちまうのはうらやましいな」

　龍治がため息交じりに言った。道場脇にある新居をちらりと見やる。もとは道場とじかに行き来ができる脇部屋だったが、そちらの戸をふさいだり、棚を増やして納戸《なんど》を建て増したり、新たな出入り口を造ったりして、こぢんまりとした家に仕立て直したのだ。

　千紘は筆子から風邪をうつされ、昨日から休んでいる。喉をやられて、声がすっかり嗄《か》れているらしい。

将太も龍治につられて、若夫婦の家のほうを見やった。

「千紘さんも疲れがたまっていたんでしょうね」

「まあ、食欲はあるから、しばらく寝てりゃあ治るだろう。先に言っておくが、つわりじゃないぞ。ただの風邪だ。千紘が臥《ふ》せってるという話をしたら、誰もかれも、赤子ができたのかと、そういうことばっかり尋ねてくる。いちいち答えるうちに面倒になってきたところだ」

「それだけ皆が楽しみに待っているということでしょうが」

「ああいうのは授かり物だろ。望んだからどうなるってものでもない。それなのに、一日何度も赤子赤子と言われ続けたら、責めを負わされてるみたいで、何だかなあ……」

日頃は明るく潑溂《はつらつ》とした龍治だが、今やすっかり顔を曇らせている。赤子云々の話には、よほど煩《わずら》わされているのだろう。

この話はしないほうがいいのだな、と将太は了解した。人の心の機微《きび》は、たやすく推《お》し量《はか》れるものではない。余計なことを言って人を傷つけてしまわぬためには、言葉を封じておくほうがいい。自分はさして利口でもないのだから。

理世がじっと将太を見上げていた。「どうした？」と問うたが、「何でもない」

とかぶりを振る。

けれども、その晩届いた二人の日記には、理世がちゃんと将太の胸中を見抜いていたことが書かれていた。

「兄さまは誰かを傷つけないために言葉を呑み込む。でも、せめてこの日記では正直であってほしい。おりよは兄さまの味方だから」

そんな健気《けなげ》な思いが、太く豪快な字で勢いよく綴《つづ》られていた。

将太は、何だか笑いが込み上げてきたし、泣きたいような気持ちにもなった。

理世はいい子だ。縁談が調うまで、あとどれくらいだろうか。正直な気持ちで書いていいと赦《ゆる》してくれる二人の日記を、あとどれくらい続けていられるのだろうか。


勇源堂において曲亭馬琴《きょくていばきん》の『南総里見八犬伝《なんそうさとみはっけんでん》』の人気に火がついたのは、この夏のことだ。

垣根を挟んで隣の屋敷に、浅原直之介《あさはらなおのすけ》という御家人が越してきた。三十半ばの独り身で、女中や下男も連れていない。もとは番方《ばんかた》のお役に就いていたのに、みずからその勤めを返上して、小普請《こぶしん》入りしたという。

その直之介、通称直先生は、屋敷にかなりの量の書物を蓄《たくわ》えている。お堅い本もあるようだが、大半は浮世草子《うきよぞうし》に黄表紙《きびょうし》に合巻《ごうかん》といった、おもしろおかしい話や英雄が活躍する物語だ。

筆子たちは、垣根の境の、木戸が壊れて外れたままになっているところから、しょっちゅう直之介の屋敷に遊びに行っている。そこで出会ったのが、最新で第五輯《しゅう》まで刊行されている『南総里見八犬伝』だった。

「八犬伝って、おもしろいの？」

最初に尋ねたのは誰だっただろうか。いずれにせよ、一人が口火を切ったことで、次々と声が上がった。

「おもしろいっていう噂は聞いてるんだ。でも、ちゃんと読んだことがある人がまわりにいない」

「読んだことがある人も、子供には難しいからって、話の中身を教えてくれないんだよ」

「絵は見たことがある。英雄たちには、牡丹《ぼたん》の花の形のあざがあるんだよね。あと、不思議な玉を持ってるんだ」

「最初のほうを頑張《がんば》って読んでみました。難しい歴史の本みたいで、八犬士の筆頭の犬塚信乃《いぬづかしの》が出てくる前にあきらめました」

そう言ってぺろりと舌を出したのは、御家人の子の海野《うんの》淳平だった。歳は十三。天文方のお役に就いている叔父《おじ》から『南総里見八犬伝』を贈られたらしい。淳平は、詰将棋《つめしょうぎ》の本はなかなか難しいものも楽しんでいるし、海野家先祖が登場する『真田三代記《さなださんだいき》』も読破した。それならば『南総里見八犬伝』もいけるはず、と叔父は見立てたのだろう。しかしながら八犬伝は、淳平には手強すぎた。

直之介は筆子たちの声をひととおり聞くと、積み上げてある本の山の一角から『南総里見八犬伝』を一式取り出してきて、第一輯の巻之一を開いた。

「確かにこの物語は、おもしろいと同時に難解です。わざとそうしてあるんでしょうね。この関東で三百数十年前に起こっていた戦《いくさ》に、神仙の力を持つ八犬士の活躍という絵空事をうまく絡めるため、あえて難しい歴史の本のような始まり方で描いているんですよ」

「本当に起こったことも書かれてるんですか？」

「ええ。たとえば、足利《あしかが》の殿さまやその家臣や、太田道灌《おおたどうかん》なんかが出てきますね。それから、主たる舞台となる南総、つまり上総《かずさ》のあたりの土地柄、どこに山があるのか川があるのかといったことは、きちんと調べて書いているそうです。

だから、地図を見ながら読めばわかりやすくなる」

直之介は、文机のあたりに積まれた書物の山から上総の街道の地図を引っ張り出してくると、『南総里見八犬伝』の冒頭で繰り広げられる戦模様を嚙《か》み砕《くだ》いて説き聞かせてくれた。

将太と寅吉はその場に居合わせた。というのも、千紘に頼まれて、大挙して浅原家の屋敷に上がり込んだ筆子たちを連れ戻す役目を負っていたからなのだが、直之介が説く八犬伝の話についつい聞き入ってしまった。

一度そうやって説き聞かせてもらえば、次は小難しい本編も読みやすくなる。そういうわけで、筆子たちの間には、直之介による講釈《こうしゃく》と抱き合わせで『南総里見八犬伝』に挑んでみるのが流行るようになった。当然、将太も読んでいる。

「直先生、八犬伝みたいな本はほかにもないの？」

筆子たちの間から当然のごとく挙がった問いに、直之介がおずおずと出してきた合巻の物語がある。

「さほど知られていない戯作者の本で、話もまだ途中なんですがね」

戯作者の名は華氏原三二《かしはらさんじ》とある。『北方異聞録《ほっぽういぶんろく》』と題された本だ。

ぱらぱらとめくってみれば、挿絵《さしえ》がふんだんに入っている。絵師の名は節木四《せっきし》六《ろく》。聞いたことのない名だが、はっと目を惹かれる絵柄だ。刀や薙刀や奇怪な術を使った果たし合いの場面などは、迫ってきそうな勢いがある。

直之介は咳払いをして喉の調子を整えると、早口になって紹介した。

「とある事情を抱えた武者たちが、江戸から北へ向かって奥州《おうしゅう》を突っ切り、奥州よりさらに北の蝦夷《えぞ》の地に渡って旅をしながら、宿敵である鬼の一派と戦いを繰り広げる、といった話ですよ。蝦夷の地はまた、きわめて寒い。武者たちは、天や大地とも闘わねばならないわけです」

淳平が皆を代表して、『北方異聞録』の冒頭を読み上げた。いきなり山場から入る造りとなっているらしい。味方の武者たちが勢揃いして、宿敵を打ち滅ぼさんと誓いを立てる場面だ。

挿絵を挟んで、その先は、武者の一人ひとりが旅に出ることになった経緯の物語が始まっている。

淳平は目を輝かせた。

「これ、難しくないぞ。奥州のことも蝦夷地のこともまったく知らないけれど、こういう感じなら読み進めやすい！」

御家人の子の淳平は、四書五経をきっちり身につけることを期待される身だが、ずいぶん苦戦している。字句を読んだり覚えたりは苦手だと公言しており、八犬伝に苦戦していた張本人でもあるのだが、その淳平が『北方異聞録』を読みやすいと言うのだ。

「じゃあ、おいらでも読めるかもな」

久助が張り切った顔をして、『北方異聞録』の一式をがばりと抱き込んでみせた。

桐がその久助の頭をぺちっと叩いた。

「みんな読んでみたいと思っているのよ。独り占めはやめなさい」

「痛ぇな」

つんとそっぽを向いて久助の苦情を無視した桐は、淳平に続きを読むよう促した。皆で淳平を囲んで挿絵をのぞき込みながら、淳平の読み上げる声に従って、『北方異聞録』の武者たちと出会っていく。

そうやって、『南総里見八犬伝』と時をほぼ同じくして、無名の戯作者、華氏原三二による『北方異聞録』にも、将太や筆子たちはのめり込んでいった。

三

「鞠千代、知ってる？　この『北方異聞録』は、蝦夷地に遣わされた測量隊が見聞してきた事柄も、ちゃんと調べた上で書かれてるんだって。だから、読んでいると、とんでもなく寒い蝦夷地の様子が目に浮かんでくるんだ。見たこともないのにさ！」

いつになく上ずった調子で、丹次郎が言った。

十一月の半ば過ぎ、勇源堂の手習いがお開きになる頃に、鞠千代を乗せた駕籠が矢島家の門前に着いた。先月、湯島天神で久しぶりに会ったときに約束していたのだ。近いうちに勇源堂にも遊びに行く、と。

約束どおりやって来た鞠千代を伴い、筆子たちはすぐさま場所を移した。皆が夢中になっている草双紙《くさぞうし》の宝庫、浅原直之介の屋敷に連れていったのだ。

鞠千代はまず、屋敷の変わりように驚いた。勇実が妹の千紘や女中のお吉とともに住んでいた頃は、屋敷にも庭にも手を掛けてあったのだが、一人暮らしの直之介はそこまでできない。率直に言えば、ずいぶん荒れている。

だが、鞠千代も、そこここに積み上げられた草双紙の山を目にするや、埃も蜘《く》蜘蛛《も》の巣も気にならなくなったようだ。

「うわあ、『真田三代記』！　皆さんと一緒に、お師匠さまたちの目を盗んで読みましたよね。懐かしいなあ！」

鞠千代を中心に、やれ『平家物語《へいけものがたり》』だ、やれ『曽我物語《そがものがたり》』だと大騒ぎする筆子たちを眺めながら、直之介は部屋の隅でおかしそうに微笑んでいる。

将太は、直之介のそばで筆子たちの様子を見ていた。騒がしくしてすみません、とは近頃はもう言わなくなった。いちいち謝らなくていいのだと、直之介に繰り返し説かれたからだ。

ちょうどそこへ、勝手口から理世の声がした。

「ごめんください。今日はお客さんもいらっしゃると聞いたので、おやつをこしらえてきました」

直之介がひょいと立ち、勝手口のほうへ行って出迎えた。

「どうぞお上がりください」

理世ひとりではなく、重箱を抱えた吾平も伴っている。

筆子たちは勝手知ったるもので、直之介の許しを得るでも指図を待つでもなく、さっさと座敷の片づけにかかっている。座敷じゅうに散らかしていた草双紙を急いでまとめ、直之介の羽織なども端に寄せながら畳んでやって、おやつの重箱を下ろす場所を空けた。

　重箱の蓋《ふた》を取ると、ふわっと湯気のかたまりが立ち上った。小振りな饅頭《まんじゅう》が並べてある。

「どうぞ召し上がれ」

　理世がにっこり微笑んで勧めると、筆子たちは歓声を上げて手を伸ばした。

　吾平は重箱を一段、直之介のほうへ差し出した。

「直先生も、どうぞ。ぎょうさんありますさかい。甘いもんの気分と違うんやったら、これ、こちら側の半分は、刻んだ高菜《たかな》と味噌《みそ》を入れて蒸したもんです」

「ああ、これはどうも。昼餉をすっぽかしてしまったので、高菜と味噌の饅頭が嬉しいですね」

「昼餉を抜くんは感心しまへん。お茶も淹れさしてもろてよろしゅうおすか？」

「ぜひ、よろしゅうおたのもうします」

　直之介は吾平の京言葉を真似して言った。吾平がちょっと困った顔になるのを見て、直之介はにやりと笑う。

　打ち解けてみると、直之介は人をからかうのが好きらしい。京の人間は裏表があると言われるわりに、京育ちの吾平は実に素直なので、頻繁にからかわれている。

二人の馴染んだ様子を見ながら、楽しいなあと将太は思う。顔におのずと笑みが浮かぶ。

この屋敷では時折、将太とその学問仲間が集まって、酒を飲み肴《さかな》をつつきながら知見を交わしたりなどしている。たいていは博学家の霖五郎が「おもしろい書物を見つけた」などと言って直之介の屋敷に押しかけ、将太たちを集める。

直之介は静かに話を聞きながら、興をそそられたときは、その要点を紙に書きつけたりなどしている。気が向いた様子で口を挟むこともあるのだが、そのたびに、直先生もずいぶんと物知りなのだと感心させられる。

霖五郎は、酔っ払って遠慮がなくなったときに「ぜひとも一度、直先生にご講義願いたい！」と頭を下げるのがもはや定番になっている。あなたという人は一介の無役の御家人とは到底思えない、一体どこで何を学んでこられたのか、あなたは一体何者なのか、と問い詰めるのだ。

鬱陶《うっとう》しいほどに迫られても、直之介は飄々《ひょうひょう》と笑うばかり。上手におだてて乗せて、結局は霖五郎にあれこれ語らせてしまう。直之介が一枚も二枚も上手なのだ。

「はい、将太兄上さま。今日はちゃんと江戸の味つけで作ってきました。将太兄上さまは、ちょっとお塩を入れた味つけのほうが好きなんでしょう？」

理世が小さな饅頭を将太に差し出した。どことなく拗《す》ねた顔をしている。

「どんな味つけのものでも、俺はかまわないんだがな」

「嘘。いつもと違う味つけのときは、すぐに気づいて、困ったなあという顔をするんですもの」

理世は、自分の両目の上に左右の人差し指を添えて、下がった眉の形をつくってみせた。

すっかり見抜かれているらしい。将太はどう応じていいかわからないので、饅頭《あん》を頬張ってごまかした。この味は確かに、屋敷で昔から食べているとおりの塩梅《ばい》だ。

おかしな話だ。屋敷の中では目も耳も口も心も石になるようで、ろくに顔を上げて過ごせない。家族とまともに話すこともない。

それだというのに、料理や菓子の味つけという細かな事柄を、なぜだか逐一《ちくいち》よく覚えている。昔からこうなのだ。

料理だけではない。においもだ。剣術稽古でちょっとした怪我をすれば、次兄の臣次郎が煎じて差し入れてくれる「気と血《けつ》の巡りをよくする薬」がある。あの薬の味もにおいも覚えている。別の薬と同時に出されたとしても、間違いなく嗅ぎ分けられる。

もやのかかった幼い頃の思い出は、かっと燃え立つような怒りに彩《いろど》られている。

同じ味、同じにおいの食べ物、飲み物しか許せなかった。許せないとなると、とにかく暴れた。何とわがままで理不尽な怒りだろうか。

馴染みのない味に接したとき、困ったなあという形に動いてしまう眉は、あの頃の名残だ。

将太は、むくれた顔の理世に笑ってみせた。

「俺の困った顔など気にせず、いろいろ食わせてほしい。何せ、俺は大食らいだからな。好き嫌いをしていては、皆に迷惑が掛かる」

「でも、苦手な味もあるのでしょう？」

「そんなことはないぞ。慣れて覚えている味と、そうでない味があるだけだ。うまいとか、まずいとか、好きとか嫌いとかではなくてだな、馴染みがあるかどうかだ。馴染みがなくてもうまいと感じられる味もあるよ。皆と楽しく食べるときの味だ」

将太はそこで理世との話を切り上げて、饅頭を片手に『北方異聞録』を語る筆子たちの輪に加わった。

「蝦夷地の測量というと、伊能勘解由《いのうかげゆ》先生ですか？」

鞠千代の問いに、直之介が答えた。

「いえ、その弟子の間宮林蔵《まみやりんぞう》どのですよ。日の本全土を緻密に測量したことで知られる伊能勘解由どのは、確かに蝦夷地に渡って測量をおこない、およそ正確な作図にも成功しました。しかしその実、悪路に妨《さまた》げられた上に人手も足りず、勘解由どのにとって満足な出来栄えではなかった。ゆえに、後に弟子入りした間宮林蔵どのがより正確な蝦夷地の測量と製図に成功した折には、己の作った図を潔《いさぎよ》く撤回して林蔵どのの図を採用したのです。この林蔵どのによる蝦夷地の見聞録が実に興味深いのですよ。ちょっとした縁で見せてもらうことができたのですがね。ああ、林蔵どのの測量における最大の功績は、樺太《からふと》の海岸の形を確かめ、それが島であると世に知らしめたことでしょうね。林蔵どのこそが蝦夷地測量を成し遂げられたのには、いくつものわけがあります。蝦夷地に住む民の中に溶け込み、言葉をも巧みに操る点。鳥の目を持つともいわれるほど、正確に測量して絵図に起こせる点。ロシアという異国の脅威の前にも怯《ひる》まぬ強さと、いかなる悪路にも屈せぬ強靭な体を持つ点。ほかにも……」

滔々と語っていた直之介は、はたと気づいた様子で口をつぐんだ。皆、ぽかんとしている。

「直先生、何というか、すごいですね」

淳平の言葉に、皆うなずく。

「……いえ、それほどでも」

直之介はごまかすようなことを言って、理世の持ってきた饅頭を頬張った。

鞠千代は帰り際、直之介からごっそりと本を借りた。筆子仲間が皆で夢中になっている『北方異聞録』の、今まで出ているところまでの一式である。

「じっくり読んでからお返しします。お貸しくださり、誠にありがとう存じます！」

鞠千代は目を輝かせて直之介にお礼を言って、駕籠に乗って帰っていった。その駕籠を見送りがてら、ほかの筆子たちも家路に就いた。

直之介の屋敷に残ったのは、将太と理世、吾平、そして寅吉である。

すでに日も傾いてきているし、長居をしても直之介の邪魔になるだろう、と将太は思った。直之介は何かの書き物の仕事をしているようなのだ。そろそろ暇《いとま》乞《ご》いしなくては、仕事に障《さわ》るかもしれない。

ところが、真剣な顔をした吾平が直之介にまっすぐ向き直り、意を決した様子で声を上げた。

「前から申し上げようと考えとったことがあります。もう辛抱なりまへん。今から手前が申すこと、どうか聞き入れていただきとうございます」

直之介は、おやおや、と小さく笑った。

「急に改まって、何の話です？」

「無礼を承知で申し上げます。このお屋敷、掃除させてください！　あまりに汚《きたの》うて、これ以上、我慢できまへん！」

直之介は目をしばたたいた。

「掃除をしてもらえるのですか。それはそれは、大変助かります」

「ほんなら、今すぐ取りかからせてもろて、よろしおすか？」

「ええ。よろしゅうおたのもうします」

直之介の返事を聞くや、吾平は、よし、と拳を固めた。理世に目配せしたところを見ると、二人とも、もとよりそのつもりでいたらしい。用意のよいことに、吾平が背負ってきたらしき風呂敷包《ふろしきづつ》みを解くと、中から桶《おけ》だの雑巾《ぞうきん》だの、掃除に入り用なものが出てきた。

寅吉が元気よく名乗りを上げた。

「掃除なら手前も手伝いまさあ！　毎日、矢島道場でも掃除をやらせてもらってますからね。屋敷の雑巾がけでも庭の草むしりでも、何でもお任せくだせえ！」

理世が襷《たすき》を掛けながら、えくぼをつくってみせた。

「頼りになります、寅吉さん。そうですね、今日はじきに暗くなりますから、この座敷だけに絞りましょう」

「合点《がってん》承知《しょうち》の助《すけ》！　しかし、本が山積みなのが気になりまさあね。ちょいと山を崩しちまうと、しっちゃかめっちゃかでしょう」

直之介が奥のほうを指差した。

「実は、本を入れるのによさそうな棚はいくつか、奥の納戸にあるんです。前の住人の白瀧勇実先生が残していったらしいものや、知り合いから譲っていただいたものがいくつか」

　吾平がすっとんきょうな調子で問うた。

「棚、持ってはるんですか？」

「ええ」

「ほんなら、なぜ使わはらへんのです？　畳の上にほったらかしにした本は、きちんと収めてある本に比べて早う傷みます。せっかくの本が台無しになったらあきまへんでしょう！」

　責められても、直之介は平然としている。

「まったくもって、あなたが言うのは正論だ。しかし、武家の男というのは、猫や犬よりだらしなく、一匹で生きていくには少々頼りない。料理の作り方も掃除の仕方も知らぬままに育っていき、立派なのは名と体ばかりといったありさまなのですよ」

　吾平がちらりと将太を見やった。将太は思わず首をすくめる。

「まったくもって、吾平は正しい。直先生が言うのも、確かに」

「よう知っておりますとも。京でお仕えしておりました主《あるじ》も、もとをただせば武家のお生まれでした。主のもとで学ぶために寄宿しはるんも、武家か大店のお坊ちゃん揃いでしたし」

理世がてきぱきと指図を飛ばした。

「将太兄上さまと直先生は、力仕事をお願いします。本を入れるための棚を納戸から出してきてください。でも、まだこちらには運ばないでくださいね。このお座敷、埃がとんでもないことになっているから、じっくりやりましょう。積み上げてある本をこちら側に寄せて、まずはあちら側からね」

とてもではないが、夕餉までにどうにかなる仕事ではないようだ。理世の口ぶりだと、明日に持ち越しての仕事になるのだろう。こうなってしまった以上、こちらを抜けて道場の稽古にとも言いだせない。

直之介が、まるで他人事《ひとごと》のように、将太の肩をぽんと叩いた。

「骨の折れる仕事になりそうですねえ。まあ、我々は指図してもらうとおり、我々にでもできる仕事をしましょうか」

四

理世はしょっちゅう浅原直之介と話している。勇源堂の将太と卯之松のもとへ昼餉を届けに行ったり、昼八つ半（午後三時）を過ぎても帰ってこない卯之松を迎えに行ったりなどすれば、顔を合わせることが多い。あいさつをし、当たり障りのない話をし、会釈して別れる。

だが、直之介の屋敷に上がった回数は、片手で数えられるほどだ。将太やその学問仲間が直之介の屋敷で集まって、学問談義だか宴《うたげ》だか、わいわいやろうとするところへ料理や菓子を届けに行った。それが幾度かあっただけ。

しかしながら、屋敷の戸口に立ったり、座敷まで料理を運んだりするたびに、どうにも気になっていることがあった。

「直先生のお屋敷、訪れるたびにどんどん汚くなっている気がするわ」

歯に衣着せぬ言い方をすると、吾平が、待ってましたとばかりにうなずいた。

「まったくもってそのとおりです！　屋敷が散らかっとるとか汚いやなんて、よその家の奉公人の分際で手前が申し上げることでもないですさかい、今までずーっと黙ってましたけども、そろそろ辛抱できひんところまで来とるんですわ」

「お掃除させてもらってもいいのではないかしら。将太兄上さまも筆子の皆さんもお世話になっているのだし、そのたびに散らかしてもいるでしょうし」

理世はお節介《せっかい》なたちだ。余計なお世話までしてしまいがちなのは、自分でもよくわかっている。でも、自分がちょっと手を貸すだけで物事がよくなるのなら、そうせずにはいられない。

吾平もまた、世話焼きの苦労性で、気づかなくてもいいところまで気づいてしまう。きれい好きの働き者でもある。直之介の散らかった屋敷を見て、吾平がじっとしてなどいられない気持ちは、理世にもよくわかる。

そこで二人で話し合って策を練り、大平家の家族や奉公人に「この日とこの日は理世も吾平も出掛ける」と申し渡しをし、将太の世話を一手に引き受けている女中のカツ江にはちょっと詳しく話をして、浅原邸大掃除の陣に打って出ることにした。

実のところ、吾平は「無礼討ちされるかもしれへん」と始終びくびくしていた。理世も武家の誇りのあり方というものを十分にはわかっていないので、やはりちょっと怖かった。直之介だけでなく、将太まで怒らせてしまったらどうしよう、とも思っていた。

だが、直之介は、理世や吾平が恐れていたよりもずっと呑気《のんき》でおっとりとしていた。屋敷が汚いと言われたことに怒りもせず、悪びれるでもなく、誠に涼しい顔をしたままだった。

「助かります。手間を掛けさせますね。本の積み方？　こだわってませんよ。適当にお願いします。ああ、でも、子供たちにわかりやすいように、今の積み方をあまり崩さないほうがいいかもしれませんね。あの子たちのほうが積み方にこだわるんですよ」

あれこれ気にして、本の積み方や棚の位置など尋ねてみても、ずっとこんな調子である。

将太は理世と吾平の勢いに呑まれたまま、目をぱちぱちさせていた。ただ困惑しただけで、怒りはまったくなかったようだ。

成り行きで掃除を手伝ってくれることになった寅吉が、人の好さそうな顔をくしゃくしゃにして、くつくつと忍び笑いをしながら理世と吾平にささやいた。

「あんまり心配しなくても大丈夫でさあ。武士ってのは気位《きぐらい》が高くて、手前らみてえな町人とは住む世界が違うようにも思えるもんですが、どっこい、類は友を呼ぶっていうでしょう？　矢島道場のまわりに集まる武士だけは、気さくなお人ばっかりですよ。怖いこたあ、ちっともねえ」

「直先生も道場で稽古をされているんですか？」

「へい、理世お嬢さん。このまんまじゃ腕が落ちる一方だとおっしゃって、先月からでしたかね、若い門下生のあまりいないときを狙って、ちょいちょい稽古に励まれてます」

「お強いの？」

「どうでしょうかねえ。立ち合いの勝負をするところは見たことがありやせんから。でも、真剣を使って居合の稽古をされてるところは見やしたよ。とんでもねえ迫力でしたね」

「居合というと、すごい速さで刀を抜き放つ技よね？」

「そうです、そうです。じぃっと静かなたたずまいで、目を閉じて立っていたかと思うと、凄まじい早業で、あっと思ったときはすでに抜き打ちの技を決めてるんですよ。いやあ、あのときの直先生は実に格好がよかった！」

ひそひそとしゃべりながらも、寅吉の手は止まらない。話を聞く理世と吾平も、手を動かしながら「へえ」などとあいづちを打つ。

夕方に始めた掃除は、日が落ちるまで続けても、座敷の半分しか終わらなかった。持ってきた雑巾は埃で真っ黒になった。

理世は直之介に宣言した。

「明日もまた、吾平さんと一緒に朝からまいります。明日はお屋敷じゅうを掃除させていただきますので」

直之介はにこりとした。

「では、明日もまたよろしくお願いしますね。私は役に立ちませんので、すべてお任せしますよ」

寅吉が頬に埃をくっつけたまま、ふむ、と腕組みをした。

「そんじゃあ、手前も明日、お手伝いしましょうかね。急ぎの探索もないし、蕎麦屋のほうは今日これから仕込みの手伝いをしておけば、明日の昼は堪忍《かんにん》してもらえるでしょう」

将太は申し訳なさそうに言った。

「俺は、昼間は手習いがあるから手伝えない。重たいものを運ぶようなことがあれば、昼餉の休みのときにでも呼んでくれ」

吾平が己の胸に手を当てた。

「ご心配なく。家の中のもんを動かしたり運んだりするくらいの力仕事でしたら、手前と寅吉さんがいれば十分です。将太さまは気兼ねなく、いつものとおりにお過ごしください」

理世と吾平と寅吉で、薄暗くなってきた屋敷の中の間取りと、納戸にしまわれていた棚の数と形、置くべき場所を確かめると、その日はお開きとした。

翌日も約束どおり、理世と吾平は朝から十分な支度をして、直之介の屋敷に向かった。薙刀の稽古で体を温めてきたので、すぐにも全力で働ける。矢島家で朝餉をもらった寅吉とも合流し、直之介の屋敷の戸口でおとないを入れた。

直之介は、たった今起きたといった様子で戸口に出てきた。いつもの涼しげな顔ではなく、目をしょぼしょぼさせ、あくびを嚙み殺している。

「どうぞお上がりください。掃除でも家探しでも、どんどん進めてしまってくださいね。昨日も言ったとおり、本の積み方でも何でも、好きにしてもらってかまいませんので」

何やら布のかたまりを抱えた直之介が、そのままふらふらと出ていこうとするので、理世は思わず呼び止めた。

「どちらへ行かれるんです？」

直之介は、抱えた布を指差した。

「湯屋ですよ。ここからいちばん近いところは、朝五つ（午前八時）にはちゃんと開いてますから」

ということは、その布は下帯か。くしゃくしゃになっているが、洗濯は一応、自分でやっているらしい。

「えっと、お一人で大丈夫ですか？　ずいぶん眠たそうですけれど、途中で倒れてしまいませんか？」

「平気です。よくあることですから」

「よくあるんですか？」

「筆が乗ったもので、調子づいて仕事をしていたら、いつの間にか朝になっていたんです。それで少しうとうとしているうちに、あなたがたが来たというわけですよ。いや、起こしてもらえてちょうどよかった。昨夜は湯屋に行きそこねたぶん、朝一番にと思っていたのでね」

直之介を見送って、理世は素直に言った。

「呆れた。独り身の武士って、お世話をする人がいなかったらこんなふうなの？」

吾平と寅吉は深々とうなずいている。

「昨日も申しましたとおりです。ほっとくと、蛆《うじ》が湧いても気づかはらへん」

「江戸は力仕事の出稼ぎの働き口も多いもんですから、全体に男が多くてね、嫁さんがもらえずに余ってる男も掃いて捨てるほどいまさあ。そういう連中もなかなかな暮らしをしてますが、どっちかってぇと、やっぱりお武家さんのほうがお世話し甲斐がありまさあね」

「しかし、理世お嬢さまは、長崎の大店で暮らしてはったんでしょう？　そのわりに、なんて言うたら失礼かもしれまへんけども、料理も掃除も何でもできはるんですね」

理世は、手ぬぐいを姉さんかぶりにしながら答えた。

「わたし、大店のお嬢さんとはいっても、父とは血がつながってなかったし、母が妾《めかけ》だから。店の誰かにいじめられていたわけではないのよ。ただ、わたしも母も、何となくじっとしていられなかっただけ。家事でも芸事でも、あれこれやっているのが性に合っていたんです」

大したことない身の上話だが、明かす機会がこれまでなかった。おかげで、初めて聞かされた吾平と寅吉が、ちょっと神妙な顔になってしまった。

その顔を見て、理世は改めて、自分はやはりわけありの身だったのだな、と感じた。

養父は大店の旦那さまで、母は妾の身でありつつ同居しており、別に正妻がいて、正妻の子である弟もいた。実父は江戸の旗本と聞かされていた。それでも、表立って険悪なことは一つもなかった。母と正妻の仲は悪くなかったし、理世も養父や義弟が好きだった。とはいえ、家族の中での釣り合いが難しかったのも確かだ。

　だから自分は江戸に出てきたのだ、と理世は気づいた。微妙な気遣いによる綱渡りがそこでおこなわれているあの家、あの店から、離れてしまいたかったのだ。

　さあ、と、理世は手拍子《てびょうし》を打った。

「できることなら、今日一日で仕上げてしまいたいわ。浅原邸大掃除の陣、いざ参りましょう！」

　芝居がかった掛け声を発してみせれば、吾平はいささか気恥ずかしそうに、寅吉は調子に乗って見得《みえ》など切って、拳を突き上げた。

「おう！」

　そして各々、五か月ほどの間に積もり積もった埃との戦に打って出た。

　湯屋から戻った直之介は、髭《ひげ》もあたって、すっきりした顔をしていた。

「無精者《ぶしょうもの》の巣穴は手強いでしょう。荒れ寺に狸が巣を作っていたのを見に行ったことがありますが、私などより狸のほうがきっちりしていましたよ」

　相変わらず、つかみどころのないことを、飄々とした顔で言う。

それから直之介は、文机のそばにあった四角い風呂敷包みを抱えると、「ちょっと日本橋まで」と言って出掛けてしまった。

理世と吾平と寅吉は、ひたすら働いた。

ひとまず、座敷の本をすべて隣の部屋に運び出す。本のほかには何も置かれていなかったので、座敷はがらんとした。ただただ埃が積もっているし舞ってもいる。埃を吸ってはかなわないから、理世たちは手ぬぐいで鼻と口を覆った上で仕事に当たった。

理世が箒《ほうき》で埃を掃き出す。吾平と寅吉が濡れ雑巾で拭く。畳が湿気を吸わないうちに、乾いた雑巾でさらに拭く。ふと天井の蜘蛛の巣に気づく。箒で蜘蛛の巣を払ったら、ついでに埃が降ってくる。落ちてきた埃を再び掃き出し、また雑巾をかける。

初めは埃とのいたちごっこに思われたが、三人がかりでしつこく雑巾がけを繰り返すうち、やっと勝利が見えてきた。壁や柱や梁《はり》も拭いた。雑巾に埃がつかなくなったので、棚を運んできて壁際に据えた。隣の部屋に移しておいた本を持ってきて、棚に入るだけ並べていく。

吾平の物覚えのよさが、ここで発揮された。

「もともとあった場所の近くに並べまひょ。筆子さんらにとってはそのほうがわかりやすいと、直先生もおっしゃってはったでしょう」

理世と寅吉は、武家の子のような手習いを経てきていない。漢字は読めたり読めなかったりなので、本の整理は吾平に任せた。

吾平も武家の子ではなく、物心ついた頃には下男になるべく奉公していた身だ。自分の名と奉公先の主の名のほかは、漢字の書き方など教わっていない。それだというのに、漢字の読み書きに困る様子がまったくない。

「何となく覚えてしまうんですわ」

頭を掻き掻き、ちょっと困った顔でそんなことを言う。生まれつきの頭の出来が違うらしい。

ときどき相談するだけで、そのほかのときはひたすら黙々と、三人は掃除を続けた。

直之介が帰ってきたのは、まもなく昼になろうとする頃だ。

「精が出ますね。ご苦労さまです。昼餉を買ってきたので、一休みしませんか?」

抱えていった風呂敷包みの代わりに、煮売り屋で購《あがな》ったとおぼしきお菜と握り飯の包みを手にしていた。

昼餉と言われて初めて、理世は空腹に気がついた。吾平と寅吉も同じような顔をしている。吾平が茶を淹れてくれて、四人で縁側に座り、昼餉を食べた。醬《しょう》油《ゆ》の味が少しきつい煮豆腐が、働きづめの理世の舌には、染みるようにおいしかった。

将太も屋敷の様子が気になるようで、昼餉の休みの折、筆子たちとともに様子を見に来た。

「手伝えることがあったら、俺も後で手伝いに来ます。千紘さんも前から気になっていたらしくて、手伝いたいと言っているんですが、病み上がりでまだ咳が出るんですよ。今日はよしておくよう言いました。『料理でも繕《つくろ》い物でもお手伝いできます』という言伝だけ預かっています」

千紘にとって、直之介の屋敷は、つい先頃まで自分の住まいだったところだ。だんだん荒れていく庭、散らかっていく座敷の様子を横目に、複雑な気持ちだったに違いない。

将太は千紘の言伝を告げると、筆子たちを引き連れて、勇源堂のほうに戻っていった。

十分に休みを入れたので、理世たちは掃除を再開することにした。

「いちばんの大物はやっつけたから、きっと後は早いわ。やっぱり、広いだけあってお座敷が大変だったもの」

直之介はまったく料理をしないので、台所やその脇の小部屋はちっとも汚れていない。書き物をする部屋と布団を敷く部屋が残っているので、そこをどうにかするのが今からの仕事だ。

手つかずの二部屋だが、散らばっていた着物と敷きっぱなしの布団は、目にした時点ですぐさま外に干しておいた。布団や畳にかびが生えていなかったのは幸いだった。

日はまだもうしばらく陰らない。あと少し干していられるから、その間に部屋の掃除を何とかする。

出掛ける用事が済んだ直之介が、加勢に名乗りを上げた。

「昼からは私も何かやりましょう。私にできることがあるのなら、ですが」

理世たち三人は互いに目を見合わせた。

寅吉が手を挙げた。

「そんじゃあ、直先生、手前と一緒に庭をきれいにしちまいやしょう。なに、夏の庭いじりほどの大仕事じゃあないんで、ちゃちゃっと終わりやすよ。枯れ草やら落ち葉やらを集めて、庭の真ん中で山にするだけでさあ。集めた枯れ草で芋《いも》や栗《くり》を焼いてやりゃあ、筆子らが喜びまさあね」

「なるほど、この庭で焼き芋ができるのですね。それはいい。確か裏手の勝手口に箒や熊手《くまで》がありましたね」

「へい、そいつを使って、ちゃちゃっと焼き芋の支度をしちまいやしょう！」

文机の周囲の文箱《ふばこ》類や寝所の箪笥《たんす》など、開けてはならないものの確認をして、直之介を仲間に加えた理世たちは、再び掃除に取りかかった。

散らかって埃だらけになっている部屋だが、食べかすはまったくない。おかげで油虫の害がないことにはほっとした。本が山積みになっているのをいったん隣の部屋に移せば、ものが多いわけでもない。

終わりが見えてきたので気楽になって、理世は鼻唄交じりで仕事を進めた。埃払いと雑巾がけが終わると、理世は着物の片づけ、吾平は本と文机まわりの整理を受け持つ。

理世は、前から気になっていたことを訊いてみた。

「吾平さんも『北方異聞録』を読んでいるのでしょう？　どんなお話なの？」

「おや、理世お嬢さまは読んではらへんかったんですか」

「読んでません。だって、皆ここで読んでいるでしょう？　将太兄上さまが借りてきてくれるでもないし。わたし、さほど読書が好きというわけでもないけれど、子供たちが読んで楽しめる本のようだから、気になっていて」

「読みやすいと思いますよ。文があっさりしとるんで、ぽんぽんぽんっと場面が進んでいって、わかりやすいんですわ。そういう点は、曲亭馬琴の『南総里見八犬伝』とはまた違った魅力や思います」

「あら、八犬伝はわかりにくいの？」

「八犬伝は手強いんですわ。歴史書みたいな小難しさと七五調の長い口説きが手強くて、でも、いっぺんはまると、ほかでは味わえんほどのおもろさを感じてしまう。その点が『北方異聞録』はあっさりしてはって、手前は好きですが、通好みやないかもしらんと思います」

「なるほどね。でも、わたしはまったくもって通ではないから、わかりやすい『北方異聞録』のほうが向いてそうだわ」

理世と吾平が手を動かしながら読書談義を交わしていたら、庭の掃除を終えた寅吉と直之介が戻ってきた。寅吉がさっそく口を挟む。

「話に出てくる人がみんな生き生きしてて、いい男、いい女揃いってのは、八犬伝も北方も、どっちにも言えることでさあね。味方の武者がいいってだけじゃあなくて、悪い連中にも惹かれるってんだから、まったく、すげえお話ですよ。直先生もそう思いません？」

「まあ、そう……なんですかね。北方は、八犬伝ほど売れてませんが、並べて語るのですか」

「そりゃもちろん、並べまさあ！　どっちもおもしろいんですから！」

お調子者の寅吉だが、『北方異聞録』や『南総里見八犬伝』を語るにおいては、お世辞など言っていないように見える。

理世はわくわくした。

「敵役《かたきやく》も素敵なの？　それはいいわね。わたし、お芝居を見物しに行ったとき、敵役の工藤祐経《くどうすけつね》や藤原時平、平知盛《たいらのとももり》のほうに目を惹かれてやまなかったんです」

工藤祐経は、仇討ちで有名な曽我兄弟の父を死なせた、まさにその敵である。

藤原時平は菅原道真の政敵で、太宰府《だざいふ》への左遷を帝《みかど》にそそのかした奸臣《かんしん》として描かれる。平知盛は『義経千本桜《よしつねせんぼんざくら》』で、鎌倉《かまくら》から落ち延びんとする源義経一行の前に立ちはだかる平家の落人《おちゅうど》である。

各々に事情を背負った敵役を、主役の若手よりもどっしりと骨太な壮年の役者が演じており、渋みや苦みを感じさせるのが、理世には刺さった。敵役と銘打たれているからには、物語の山場で敗れ去ったり命を落としたりするさだめであるのも、客には初めからわかっている。それがまた切なくてよかった。

そういうことを、理世はつらつらと語った。吾平も寅吉も直之介も聞き上手なので、つい気分がよくなって話しすぎてしまう。

「わたしばっかり話をして、何だか恥ずかしいわ。でも、ちゃんと仕事もしていますから。直先生、着物の整頓はこれでおしまいです。冬物はこちらの長持《ながもち》に入れてあります。春と夏のぶんはあちら。ほつれたところがあるのは、ここに分けてあります」

「ありがとうございます。繕い物は、昔うちで女中をしていた者が針子の仕事を始めたそうなので、そこに持ち込んでみますよ。ところで、理世さん。『北方異聞録』を一式、お貸ししましょうか？」

「お借りできるんですか！」

「ええ。これだけは何組か揃えてあるので。貸すと言ったことを私が忘れてしまわないよう、帰り際にはちゃんとせっついてくださいね」

「やった。ありがとうございます！」

「さて、おやつがあるんですよ。けんぴという土佐《とさ》の菓子をもらいましてね。麦の粉を甘くして、細長い形にして焼いたものだそうです。歯ごたえがよくてうまいんですよ。茶を淹れてきましょうかね」

直之介が台所に向かうので、寅吉が心配そうな面持ちでついていった。茶を淹れるのだけはできますよ、と直之介が笑っている。どうも味が毎度違うのですが、とも言っている。

理世は吾平の傍らで、本の整理を手伝うことにした。

刷られた本ではなく、直之介の手による写本が、文机の周辺には積み上がっていた。吾平が読み上げてくれる題によると、どこかの物見遊山の案内であったり、蘭学の和訳本であったりと、実に雑多だ。

理世は同じ題のついた写本の巻一から順にまとめて、吾平に渡す。吾平は何らかの区分けをしながら、文机の背後の壁に据えた棚に、写本を収めていく。

ふと、突然。

「何なん、これ？　まさか……」

吾平が顔色を変えて、一枚の紙を拾い上げた。

「どうしたんです？」

理世は吾平の顔をのぞき込んだ。吾平は、険しいくらいに真剣な顔をして、拾った紙を凝視している。

紙に書き連ねられてあるのは、すでに見慣れてしまった直之介の字だ。反故《ほご》にした下書きなのかもしれない。途中の文にさっと線を引いて取り消し、傍らに別の文を添えている。そういう箇所がいくつもある。

吾平の手が細かく震えだした。

「間違いあらへん。これは……この紙は……」

ちょうどそこへ、直之介が台所から戻ってきた。お盆というものがないようで、直之介と寅吉で湯呑を二つずつ手に持ち、土佐菓子のけんぴが入っているとおぼしき紙包みを小脇に挟んでいる。

直之介は、きれいに磨《みが》いた文机の上に湯呑を置いた。

「まもなく掃除もおしまい、といったところですか。おかげさまで、ずいぶんすっきりしましたね」

飄々として吾平に声を掛けた。そこで、はっと目を見張った。半端に口を開いたまま、固まってしまう。

吾平が直之介に文面を向けた。

「これ、『北方異聞録』の、いちばん新しい、まだ出てへん巻の下書きですやんね？　華氏原三二先生いうお人は……『北方異聞録』を書いてはる戯作者は、やっぱり、直先生やったんですね？」

理世はびっくりした。

「やっぱりって、どういうことですか？」

「前々から何となく、直先生は華氏原三二先生と関わりがおありなんやろなと思っとったんです。だって、『北方異聞録』だけは何組も揃えてありますし、ずいぶん詳しい口ぶりで話さはります。それに、文机のまわりの写本。すべて『北方異聞録』の下調べのためのもんでしょう？」

ええっ、と寅吉が跳び上がった。

「本当の本当に？　直先生が、あの刻雨姐《こくうねえ》さんを書いてるんです？　ええっ、待って。そのお手が刻雨姐さんを生み出しておられるんですか？　ちょ、ちょっと、そのお手に触れさせていただいてもよろしいでしょうかっ？」

刻雨姐さんというのは、きっと寅吉が作中で贔屓にしているおなごの名なのだろう。吾平も寅吉も潤《うる》んだ目をして直之介を見つめている。

すっかり固まっていた直之介だが、ようやくのことで息を吹き返した。と思うと、みるみるうちにその顔が赤くなっていく。直之介は恥じらってうつむき、片手で真っ赤な顔を隠しながら、もう片方の手のひらを吾平や寅吉のほうに向けて、ちょっと待ってくれ、と動きで示した。

「……仕上げたものは昼前に版木屋へ持っていったし、下書きや反故はすべて文箱に押し込んだつもりだったんですが、その……」

じりじりと後ずさっていく直之介の足下に、寅吉がすがりついた。

「それじゃあやっぱり、直先生なんでさあね！　手前は！　初めて御作《おさく》を拝読したこの夏からずっと！　華氏原三二先生をお慕いしておりやすぅ！」

寅吉は若い娘のように弾んだ声で掻き口説く。

直之介はますます照れてしまって、しどろもどろになりながら、辛《かろ》うじて言った。

「ああ、ええと……みんなには、内緒《ないしょ》にしておいてくださ い……」

理世も吾平も寅吉も、もちろん「はい」と返事をした。

吾平は下書きの紙を文机に伏せ、文房具をその上に載せて隠した。寅吉はまだ浮かれて小躍りしながらも、口はしっかり引き結んでいる。

直之介はそっぽを向いて、手のひらであおいで真っ赤な顔に風を送っている。

理世はつい、くすっと笑ってしまった。

屋敷が汚いと言われても、他人が部屋に踏み込んで掃除をしても、何が起きても飄々としていた直之介が、まさかこんなに照れてうろたえ、言葉をなくしてしまうなんて。

文机のそばに積み上げられた『北方異聞録』に目を向ける。そこにはどんな冒険の旅が詰め込まれているのだろうか。きっと直之介自身のようにおもしろい人たちと、作中でも出会えるはずだ。

「読んでみるのがますます楽しみになりました」

庭のほうから、わぁっと、子供たちの声が聞こえてきた。手習いがお開きになったのだろう。

直之介が気息を整えるように、深い呼吸をした。

「やれやれ。こうもいきなりだと、慌ててしまいますね。まあ、仕方ない。さて、けんぴはあの子たちのぶんもあるでしょうから、配りに行くとしますかね」

ぐいっと両腕を天井のほうに突き上げて伸びをすると、直之介は菓子の包みを持って座敷へ向かっていく。座敷の障子は開け放たれている。ひんやりとした風が入ってくるが、縁側を温める日差しはいかにも暖かそうだ。

筆子たちが、境の垣根の木戸の跡をくぐって、こちらの庭へ飛んできた。

「直先生、遊びに来たぞ！」

「はいはい、どうぞ。今日はおやつもありますよ」

筆子たちに応じる直之介は、もうすっかり、いつものとおり飄々としていた。

第四話　贔屓《ひいき》のおなご

一

海野家の淳平は、大平将太の教え子の一人だ。

矢島道場では兄弟子、弟弟子の間柄に当たる。

とは言っても、きっちりとした師弟、兄弟の間柄にあるとは、あまり感じられずにいる。

手習所にせよ道場にせよ、淳平が入門したのは、ちょうど将太が京への遊学に出る頃だった。京から戻ってきたのが三年前で、その当時はむしろ淳平のほうが先達《せんだつ》のように、久方ぶりの江戸の勝手に戸惑う将太の面倒を見たりなどしていた。

淳平の姉は十六で、ことあるごとに殿方の品定めに余念がない。その姉が言うことには、「将太先生はいろいろと惜しい」のだそうだ。

どこがどう惜しいのかと問えば、一言で答えが返ってきた。

「見た目と中身が合ってないのよ」

姉やその友人らによる殿方評にはぴんとこないことも多いのだが、将太先生を言い表したその一言には納得がいく。

「黙っていれば、いい男だからなあ。めったにないほど見事な体つきをしているし、顔立ちも、ごつごつした感じではあるけれど整っているし」

京帰りの将太先生を道場で紹介されたときのことを思い出す。十だった淳平は、雷に打たれたように衝撃を受けた。

軍記物語の挿絵がそのまま飛び出してきたかのような、がっしりとした長身の美丈夫《びじょうふ》が、皆の前に立っていた。こんな人がうつつに存在するのかと、目を疑った。男惚れという言葉がちらりと頭をよぎったほどだ。

そもそも淳平は目が肥えている。矢島道場が男前揃いなせいだ。道場主の与一郎先生も、師範代の龍治先生もなかなかの武者ぶりだ。以前は隣に住んでいた勇実先生だって、筆子の姉妹がきゃあきゃあ騒ぐくらい見目がよかった。

道場の男前たちを見慣れていた上に、自分もそうありたいとひそかに研鑽《けんさん》を重ねている淳平をして、大平将太という当時十七の若者は、その美丈夫ぶりでもって大いに驚かせた。持って生まれたものが違いすぎる、と淳平は思った。

淳平の姉のように、男前揃いの矢島道場の見物に来る若い娘はちらほらいる。差し入れを持ってくる熱心な者もいる。将太はそうした見物人たちにも黄色い悲鳴を上げさせた。

しかし、それもつかの間。

将太先生に声を掛けてみたというおなごは、誰ひとりとしてその先に進まなかった。進みようがなかったのだろうと、淳平は思う。

見た目は凄まじいばかりの美丈夫。しかし、中身は純粋無垢《むく》な男の子。確かに京での遊学を経て存分に知を蓄えてきたはずの将太先生なのだが、話していると、同い年くらいじゃなかったかしら、と思ってしまうことがある。

「二十って言っていたよなあ。年明けには二十一。うぅん、将太先生が二十一かぁ……」

縁談も浮いた話も、将太先生には一つもない。少なくとも淳平は聞いたことがない。

将太先生が菊香先生に憧れていた頃があったのは知っている。が、それは十かそこらの筆子と同じような憧れ方だった。大人の男が大人の女に恋をするときは、もっと違った顔つきをするものだ。道場の兄弟子たちを見ていたから、だいたいわかる。

淳平は今のところ、まだだ。

「女の好みは、華氏原三二の『北方異聞録』だったら白月楼《はくげつろう》の珀露太夫《はくろだゆう》で、曲亭馬琴の『南総里見八犬伝』だったら玉梓《たまずさ》。怖くて色っぽい、うんと年増のご婦人、いいじゃないですか。北方の清明《せいめい》や八犬伝の伏姫《ふせひめ》や浜路《はまじ》も悪くないけど、姉上と同い年くらいだと思うと、ちょっとねえ」

背伸びしてそんなことを言ってみせるのがせいぜいだ。我ながら子供だなあと思う。

噂によると、道場の脇部屋である龍治先生の部屋には、かつて、門下生が持ち寄った、大人向けの妖しい絵や危ない本の類が隠してあったそうな。龍治先生は、脇部屋で寝泊まりするようになった十二の頃から、年嵩《としかさ》の門下生に交じって、そういうものを見ていたらしい。

今や脇部屋は手が加えられ、龍治先生とその妻千紘先生の住まいとなっている。道場から直接その部屋に行けなくなったし、ちゃんとした戸口も造られたりして、すっかり様子が変わった。

隠してあったという裸の絵やそういう本はどこに行ってしまったのか。律義《りちぎ》な龍治先生のことだから、もとの持ち主に返してしまったのだろうが。

しかし、その話を聞いたときにも、将太先生がその仲間に加わっているところがうまく思い描けなかった。将太先生は京に赴《おもむ》く前、十四の頃まで矢島道場に通っていた。当時すでに大人より体が大きかったというから、男だけの秘密の集まりに誘われていてもおかしくないのに。

「ああ、そうだ。いっそ、将太先生も誘ってみようかな。久助たちが策を練ってる玉手箱《たまてばこ》」

久助と良彦が「お宝を手に入れたから、みんなにもこっそり見せてやるよ」と言い出した。お宝とは何なのかと問えば、「大人の男と女が、ほら……そういう絵だよ」なんて言う。おのずと、みんなひそひそした声になり、にやにやと笑い、と笑いだした。持ってきたものを文箱に隠しておいて、ときどきみんなで見よう、というので話がまとまった。その文箱を玉手箱と呼んでいるのだ。

しかし、肝心の隠し場所に困っていた。一番の候補は、隣の直先生のところだ。直先生はれっきとした大人だが、信用できそうだと思っている。

文箱は、叔父にもらった細工仕掛けのものを、淳平が持っていくことになっている。からくりを解かないと蓋が開かない文箱は、お宝を収めるのにぴったりだ。

叔父は天文方で、継子立《ままこだ》てやねずみ算、高度な天元術《てんげんじゅつ》まで、算術に類するものは何でも得意だ。算額もお手の物で、解けない難問はめったにない。囲碁がうまいのも、算額と同じように数手先までの手数を計《はか》って読み解く術があるからだという。

実は、淳平もそういうのが得意だ。朱子学の素読《そどく》は嫌いなので、手習いの出来がよいほうではないのだが。

叔父からは、天文方の見習いに来てみないか、という声を掛けてもらった。目下、淳平は悩んでいる。

「私はその道を行くのに十分な力を持っているのかな？」

将太先生が子供っぽいおかげで助かるのは、こういう打ち明け話をしやすいことだ。将太先生は、眉を上下させたり唇をすぼめたりと百面相《ひゃくめんそう》をしながら、真剣に聞いてくれる。

「淳平はやってみたいと思っているんだろう？」

「まだあまり学んだことがないから、自信があるわけではないけれど。数に関する技というか、そういう遊びも含めて、算術の類は好きなんです」

「そうか。淳平、俺の仲間に算額が得意な人がいるんだ。算術に類《るい》するものは何でもできると言っていたし、家柄は武家だから、そういう意味でも、益となる話をしてくれるかもしれない。都合をつけてもらうのに時がかかるかもしれないが、会ってみたいか？」

「本当ですか？　会ってみたいです。叔父のほかには、算術がしっかりできる大人と会って話したことがないんですよ」

将太先生の友達といえば、すごい人ばかりだ。将太先生のために昼餉を届けに来る吾平さんは、物覚えが抜群にいい。たまに遊びに来る霖五郎さんは何でも知っているし、囲碁や算額もできる。将太先生の口ぶりだと、霖五郎さんよりもっと得意な仲間がいるということだろう。

淳平がわくわくしていたら、不意に将太先生が目元を和らげ、静かな笑い方をした。

「天文方の見習いか。淳平もそういう声が掛かる齢になったんだな。お役に就くならば、元服するかどうかの頃から見習いに出るものだ。算術が好きなら、天文方の仕事はきっと向いている。そちらの道が拓《ひら》けるといいな」

あ、と淳平は声を漏らした。

こういう顔をすると、将太先生もちゃんとした大人だ。それも、とびっきり格好のいい大人の男なのだ。

将太先生が十七の頃に初めて会ったときから、顔かたちはこんなふうに大人らしく出来上がっていた。実の齢より年上に見えるせいもあって、十七の若者らしい言動や、子供っぽいほどの素直さが、余計にちぐはぐに感じられた。

だが、今は二十、あとひと月足らずで年が明ければ二十一。

「将太先生、そろそろ女に持て始めるんじゃないですかね。いい塩梅になってきた気がしますよ」

淳平は予言した。

将太先生は淳平の予言にたいそう驚いたらしい。もともと大きな目をさらにぐりっと大きく見張って、男の色気などそっちのけの、実におもしろいびっくり顔をしてみせたのだが。

予言は見事、一月も経たないうちに、うつつのこととなった。

二

師走《しわす》の晴れた朝は、ひときわぴりりと冷えている。

理世は、白い息を吐いて霜を踏み、薙刀を模《も》した木刀を振るう。父邦斎に教わったとおりに。否《いな》、教わったときのままで満足していては駄目だ。より鋭く美しく振るえるように、鍛練を重ねる。

「えいっ！」

身の丈を超す長さの薙刀は重い。二本の腕だけで扱えるものではない。

この重みの操り方は、舞を舞うときと同じだ。人目をさらうのは、手にした大きな扇《おうぎ》だが、動きの要は足腰と胴にある。踏み出す足から腰、胴、そして腕へと力を伝え、全身を連ねて動くことで、舞はひとまわり大きく、そして美しくなる。

薙刀も、腕で持って操るのではない。全身で構え、足腰を起点に技を繰り出す。

そんな理想の形を思い描きながら、理世は薙刀を振り下ろす。その一撃は、勢いのままに漫然《まんぜん》と流してしまうのではなく、振り切ったところでぴたりと止める。

「ずいぶん、さまになったな。上達が早い」

広縁《ひろえん》のほうから声が掛かった。邦斎である。

理世は、ぱっと構えを解き、薙刀を抱えて邦斎のところへ駆け寄った。

「ありがとうございます！　ほかのどんな習い事のお稽古よりも、薙刀のお稽古が楽しくて」

万一にも母の耳に入らないよう、こっそりと言う。

邦斎はわずかに口元を緩めた。

会話はそれだけだ。邦斎はすでに往診の支度を整えている。門のところには、家紋のついた乗物《のりもの》が控えていることだろう。

冬の寒さが厳しくなった頃から、大平家は慌ただしい。風邪をひいたとか、持病がひどくなったとか、腰を痛めたとか、人は冬場に体を壊しがちなのだ。

「行ってらっしゃいませ、父上さま」

「うむ。このところ、薙刀の稽古をつけてやれんで、すまぬな」

「父上さまはお忙しいのですから、仕方ありません。お体にはくれぐれもお気をつけくださいね」

理世は邦斎を見送って、稽古に戻った。

周囲はせわしない。

父を追いかけるようにして、丞庵も慌ただしく出立《しゅったつ》していく。入れ替わりで、夜通し往診先で患者を看ていたらしい臣次郎が、目元に隈《くま》をこしらえた顔で帰ってきた。その都度、各々の世話をするために、奉公人たちが行き交う。

いつの間にか、母の君恵が理世の稽古を見物していた。目が合うと、嬉しそうな顔でうなずいてくれた。

体を動かしたいというお転婆を母に咎められるのではないかと、理世も初めはびくびくしていたのだが、そんなことはなかった。理世が武家の娘らしい振る舞いを身につけるにつれ、君恵は喜んでくれる。

屋敷で唯一、理世の薙刀の稽古を見たことがないのは、将太だ。毎朝、将太は理世より早く起き出して矢島家に赴き、朝稽古を始めてしまう。そして夜まで帰ってこない。

薙刀の稽古を始めたばかりの頃、四か月余り前は、将太にも稽古の様子を見てほしくてたまらなかった。わたしが稽古をしている刻限に、ほんのちょっと屋敷に戻ってきてくれたらいいだけでしょう、と日記に書いたこともある。

　でも、結局のところ、将太は一度も来ていない。理世の稽古を見物するなら、父と顔を合わせるかもしれない。母や兄たちも屋敷にいる見込みが高い刻限だ。そうしたことが憂鬱《ゆううつ》なのだろうか。

　近頃、理世は考えを改めることにした。

「稽古じゃなくて、演武《えんぶ》ば見てもらうほうがよか。兄さま、驚かせてみせるけん、覚悟しとってね」

　そうと決めてしまえば、かえってわくわくしてくる。格好のいい演武を披露するには、まだしばらく鍛練が必要だろう。今は雌伏《しふく》の時だ。将太の見ていないところで、じっくりと稽古を積んでやる。

　こうして気合いが入っているのも、実は、先月から読み始めた『北方異聞録』のせいでもある。理世も多分に漏れず、すっかり夢中になってしまった。

　主役の武者たち「春風党《しゅんぷうとう》」一派の中に、薙刀遣いの娘がいる。本当は「清川《きよかわ》の明姫《あきひめ》」という、位の高い武家のおひいさまなのだが、行方知《ゆくえし》れずの兄を捜して旅立つにあたって今までの自分を捨て、「顔なし清明」と名乗りを改める。

　顔なしと名乗るのは、頭巾《ずきん》で顔を覆い隠しているからだ。

　明姫が春風党に入りたいと願い出たとき、初めは頭領の「律春太郎《りつしゅんたろう》」から拒まれる。

「おまえさんはうら若きおなごで、しかもあまりに美しい。その清らかな色気のある顔は、老若男女問わず、人の心を奪ってしまう。おまえさんの美貌《びぼう》の魔力は敵のみならず、我らにも及びかねない。我らには、かような懸念を抱えながらおまえさんを仲間とする余裕はないぞ」

ずいぶんな言い草である。もとはれっきとした武家の律春太郎だが、すっかり落ちぶれて、ならず者まがいの侠客《きょうかく》として生きてきた。おかげで自分はだらしない、信用などするなと斜《しゃ》に構えるのが、律春太郎の十八番《おはこ》なのだ。

なまじ美人なばかりに妖怪か何かのような言い方をされた明姫は、かちんときた。強気な笑みを浮かべると、春風党の揃いの羽織を仕立てるべく用意されていた焼き鏝《やごて》、布のしわ伸ばしに使うあの焼き鏝を、手に取った。

「そこまで言ってわたしを愚弄《ぐろう》するならば、いいでしょう。その美貌の魔力とやら、ここで封じてご覧に入れます」

誰が止める暇もない。明姫は焼き鏝を己の顔に押し当て、ひどい火傷《やけど》をみずから負った。その胆力に恐れ入った律春太郎たちは、明姫を春風党の仲間と認めた。

以来、明姫は火傷でただれた顔を頭巾で覆い、顔なし清明として北への旅路を歩き始めるのである。

顔なしとはいえ、『北方異聞録』の挿絵では、美しい目元をのぞかせた頭巾姿で描かれている。着物も頭巾も男のものを身につけているのだが、美しい娘であるとちゃんとわかる描き方になっているのが心憎い。

勇源堂の筆子たちの間でも、顔なし清明はやはり人気がある。理世が「あの台詞《せりふ》が好きなの」と熱を込めて語れば、もはや同好の士と呼ぶべき筆子たちとも話が弾む。

将太は「確かに、清明もいいな」とうなずいてはくれたものの、本命の贔屓が別にいるらしい口ぶりだった。寅吉の好きな「刻雨」とも違うらしい。理世はしつこく問いただし、妙に照れて口が堅くなった将太から、やっとのことで聞き出した。

「おなごに絞って贔屓を一人挙げるなら、春風党や白月楼ではなく……あの、敵方の姫君の……」

「ああ、『簫雪姫《しょうせつひめ》』ね！　わたし、簫雪姫のことも好いとお！」

理世が思うに、『北方異聞録』の敵役は、ちょっと変わっている。やることなすことが悪逆非道なので、とっとと滅ぼされてしまえばよいと、一巻、二巻を読んだ時点では思ってしまった。が、三巻で敵役の事情が描かれると、印象ががらりと変わる。

おぞましい鬼の姿の敵役、「凜烈修羅《りんれつしゅら》」の一党は、人の世を滅ぼしてしまおうと企《くわだ》てている。生まれついての悪というわけではない。凜烈修羅の鬼たちも、もとは人の身を得て生まれた者だ。だが、人として扱われず、虐《しいた》げられて蔑《さげす》まれ、ついに人を憎んで鬼へと堕《お》ちたのだ。

鬼と化すれば、人の身では決して得られない怪力を己《おの》がものにすることができる。奇怪な術を使えるようにもなる。頭か心の臓を木端微塵《こっぱみじん》に潰されない限り、どんな傷を受けても治ってしまう。ただし、鬼の力を使うときは、その身が凄まじい痛みに苛《さいな》まれる。

将太の贔屓の簫雪姫は、世を忍ぶ姿として、すらりと上背《うわぜい》があって美しい娘の出で立ちで登場する。白い紗《しゃ》をかぶって髪も顔も半ば隠し、死に装束《しょうぞく》のような白い着物をまとい、まなざしにも笑みにも陰がある。その名のとおり簫《しょう》を吹くのが得意で、その音色《ねいろ》を用いた幻術を使う。

竹の弁を震わせ、竹管に息を吹き込んで鳴らすのが、簫という笛だ。その造りの都合上、吐息《といき》の凍る寒冷の地で吹くことは、本来ならばかなわない。ゆえに、吹雪《ふぶき》とともに簫の音色が聞こえてきたなら、簫雪姫の仕業《しわざ》と見て間違いない。が、それと気づいたときには、魔の音色に魅入《みい》られ始めている。いかなる武芸の達人とて、ひとたび幻術にとらわれれば、抗うことも難しい。

「あの幻術の場面は、ぞっとするけれど、美しく描かれているわよね。挿絵も素敵で、よかよねぇ」

語り始めると、ついつい熱が入る。

その点、将太はちょっと照れてしまうようで、聶㕤を語るにしても口調が控えめだ。

「簫雪姫とその弟たち、『小棺斎《しょうかんさい》』と『大棺斎《だいかんさい》』の兄弟も、いいな。敵ながら見せ場が多くて、惹かれてしまう」

春風党の前に立ちはだかるのは、宿敵である凜烈修羅だけではない。盗賊や山賊、宿場の悪代官といった、良心をなくした人間にも煮え湯を飲まされる。

できることなら人間を斬りたくはない春風党。あいつらを改心させる余地はないのか、せめて人の世の法で裁くことはできないのか。その迷いのために窮地に陥ったとき、疾風《しっぷう》のように現れた小棺斎と大棺斎が悪党どもを殲滅《せんめつ》してしまう。

「人の世を滅することこそ、我らが大願」

「ゆえに、目についた者どもを斬ったまで」

そんな捨て台詞を残し、姉の吹く簫の音色とともに去っていく兄弟は、やはりどうにも格好がいい。悪であり、鬼であり、宿敵であるという役どころなのに、喝采《かっさい》を送りたくなってしまう。

ちなみに、主役軍団の春風党は春、敵方の凜烈修羅は冬、敵か味方か判然としない白月楼は秋と、集団ごとに季節が割り当てられている。夏の集団がまだ登場していないので、一体どんな連中なのかと楽しみにしているところだ。

こういうわけで、理世もすっかり『北方異聞録』に夢中になっている。おかげで薙刀の稽古にまで精が出ているのだから、我ながらわかりやすいものだとも思う。

先日、直之介の屋敷に掃除がてら、顔なし清明の魅力について語りに行った。

直之介は涼しい顔を装いつつも、ずいぶん照れているようだった。

「北方に出てくるおなごの中で、直先生が贔屓にしているのは誰なんですか？」

その問いには、秘密です、としか答えてくれなかった。

三

十二月十日の、日が落ちた後だった。

理世はすでに夕餉を済ませていた。暖かくした部屋にこもっていればよいのだが、もう幾度も、何とはなしに部屋を出てみている。

庭には常夜灯《じょうやとう》がともされている。急病による呼び出しが、このところ続いている。それに備えての明かりだ。空の月も星もさやかで、何とも明るい夜だ。

「兄さま、まだかしら」

びゅうびゅうと意地の悪い音を立てて、風が吹き過ぎる。冬の夜は長い。そのぶん将太の帰りが遅いように感じられてしまう。

と、駕籠かきの掛け声と足音が近づいてくるのがわかった。掛け声とはいっても、遠慮がちな小声だ。人目を忍んで訪れる患者だろうか。こういうことは少なくないので、理世も慣れている。

はたと気づいた。

「ちょっと待って。今、父上さまと兄上さまたちはいらっしゃらんし、母上さまも取り引き先の唐物問屋《からものどんや》で夕餉までいただいてくるって言いよんなった。義姉上《あねうえ》さまと卯之松ちゃんでは、どげんしようもなかでしょ。わたしが出るべき?」

足下に出てきたナクトが、理世を見上げた。

「にゃーん」

かすれ声でひと鳴きすると、寒さに辟易《へきえき》した様子で、とことこと部屋に引っ込んでいく。

「もう。猫の手くらい貸してよ」

理世は唇を尖らせたが、ナクトは再び出てきてくれない。そうこうするうちに、駕籠の気配はどんどん近づいてくる。

仕方がない。腹を括《くく》って、様子を見に行こう。

そう決めると、理世は広縁の廊下を足早に進んだ。奉公人たちは台所の片づけをしたり、湯屋に出掛けていたりする頃だ。ちょうど手すきの者が屋敷にいない今、誰も駕籠の来る音に気づけずにいるらしい。

門のくぐり戸から外に出ると、ちょうど理世の目の前に駕籠が到着した。

屈強《くつきよう》な駕籠かきは、こんな真冬にも自慢の脚と尻を剝《む》き出しにしている。理世はその寒々しさに驚きながら会釈し、簾越《すだれご》しに駕籠の中へ声を掛けた。

「もしもし、患者さま? 大平家の門の前に着きましたよ。お加減はいかがですか？」

答えを待つ。

だが、駕籠の中はしんとしている。動く気配がない。

理世は嫌な予感がして、断りを入れながら簾をめくり上げた。途端、悲鳴を上げそうになったが、辛うじて呑み込む。後ろからのぞき込んでいる駕籠かきたちのほうが、ヒッと短い悲鳴とともに跳び上がった。

駕籠の中で、若い女がぐったりとしている。人目を避けるためか、その顔は、無造作に巻かれた晒《さらし》によって隠されている。

「患者さま？　患者さま、大丈夫ですか？」

声を掛けながら肩に手を触れると、人間らしいぬくもりと柔らかさを感じた。生きていたことにほっとしつつ、理世は患者の体を「えい」と抱き寄せ、狭い駕籠から降ろした。

息はしている。熱が高い様子はない。むしろ、冷え切っている。首筋の脈を診れば、妙に遅い。深く眠っているときの脈だが、こうして声を掛けたり体を揺すったりしても目を覚まさないのはおかしい。

晒の隙間からのぞく目元は、目を惹くほどまつげが長い。化粧はしていない。

肌の感じを見るに、理世と同じくらいか、もっと若いか、といった年頃のようだ。

「何これ？　血のにおい？」

かすかではあるが、流れ出てしばらく経った血のにおいがする。月のさわりのそれではなく、怪我をしたときの血のにおいだ。

理世が不穏なものを感じたとき、待ち望んでいた声がした。

「どうしたんだ？　急な患者なのか？」

将太である。門前の様子にただならぬ気配を感じ、走ってきたらしい。

安堵した理世の胸が、ふつふつと温まっていく。

「今しがた駕籠で着かれた患者さまです。でも、屋敷に父上さまも兄上さまたちも、母上さまもいらっしゃらなくて」

「弱ったな。しかし、このままここにいてはまずいな。駕籠かきよ、この患者はどなたなんだ？」

駕籠かき二人は顔を見合わせ、かぶりを振った。

「申し訳ありやせん。割増しでお代を握らされていやして、そのぶん、こちらのお嬢さんの素性を聞かねえってぇ約束になってるんでさあ」

「そうか。それはまあ、仕方ないな」

「言えねぇ事情の赤子を孕《はら》んでるってぇ類じゃあ、ありやせん。そこだけは確かめやした。そんな身の娘さんを駕籠に乗せて揺らしたんじゃあ、恐ろしいことになっちまうんで」

「なるほど。ありがとう。とりあえず、この患者は屋敷で面倒を見る。何か新たにわかったこと、気づいたことがあれば、知らせに来てほしい。屋敷のほうに申し出てくれたら、そのぶんの心づけはちゃんと取らせてやれるから」

「へい」

気の好《よ》さそうな駕籠かきたちは、不安げな顔をしながら、空っぽの駕籠を担いで去っていった。

将太は理世に自分の荷物を持たせると、患者をひょいと横抱きにした。

ようやくのことで、屋敷の奉公人たちも患者の訪れに気づいたらしい。女中のカツ江を先頭に、驚いた顔をして表に出てくる。

理世は将太の横顔を見上げた。屋敷の中ではどうしても強張ってしまう唇が、それでも、きっぱりとした言葉を紡いだ。

「患者だ。今すぐどうこうという様子には見えないが、気を失っていて目を覚まさない。暖かい部屋に布団を敷いてくれ。父上も兄上たちもいないなら、まずは俺が、できることをしてみる」

己自身のためには奮い立つことができなくとも、窮地にある人のためなら、将太はこうして立ち上がれるのだ。

理世は将太の荷物をぎゅっと抱きしめた。

「将太兄上さま、わたしも手伝います！」

宣言した理世に、将太はかすかに笑って、うなずいてくれた。


大平家の広い屋敷には、患者を寝泊まりさせるための部屋がいくつも設けられている。各部屋に清潔な布団が一式、いつでも使えるように揃えてある。晒、手ぬぐい、桶、行灯《あんどん》、痰壺《たんつぼ》といった、看病や療養に必要なものや、今の時季には火《ひ》鉢《ばち》なども備えてある。

理世は落ち着かない気持ちで、将太と患者の様子を見つめた。将太は患者の体に覆いかぶさるようにして、熱を測ったり脈を診たり呼吸を数えたりしている。

患者は若い娘だ。身なりのよさから察するに、おそらくは大店のお嬢さんだ。

血や気の通りをよくするために締めつけを緩めたほうがいいというので、理世が娘の帯を解いた。腰紐《こしひも》も緩くしたので、娘がちょっと身じろぎするだけで、着物が脱げてしまいかねない。

が、着物がはだけるとか何とかで医者代わりの将太が戸惑ったり照れたりしている場合ではない。将太はそんなことをぶつぶつと自分自身に言い聞かせながら、娘の手当てをしている。

娘の冷えてむくんだ脚を、カツ江が湯たんぽを持ってくるまで、将太がその手で按摩《あんま》してやっていた。将太の手はいつでも温かい。娘の脚も少しは温まり、楽になっただろうか。

将太がこれほどまでも熱心に年頃の娘のそばに身を置く様子を、理世は初めて目にしている。

いや、違う。自分以外の年頃の娘、と言うべきか。

いや、それも違う。おかしな言い方ではないか。理世は確かに年頃の娘だが、将太にとっては妹だ。素性も明かさないまま屋敷の前にたどり着いたよそのお嬢さんとは、まったくもって立場が違う。

この人は一体何者なのだろうか、と思う。

死病の相が現れているわけではない。うつる病でもない。大怪我をしているわけでも、高熱が出ているわけでもない。

そのあたりの、この患者は重篤《じゅうとく》でないという判断は、大平家に仕える奉公人は正しく下すことができる。療養も看取りも、ほとんどの者が幾度も経験しているのだ。

とはいえ、理世は不安だった。

「兄さま」

将太は振り向いた。

「どうした？」

「その人、まだ目を覚ましそうにない？」

将太の眉がハの字になった。

「わからん」

「やっぱり、病を患っている様子なの？」

「うん。体の中の気《き》、血《けつ》、水《すい》の塩梅が崩れているならば、漢方医術においては、治療すべきものとする。この人の場合は血虚《けっきょ》といって、血が足りなくなっているんだ。これではいつも具合が悪いだろうな。気を失ったのも、血虚のためだと思う」

「血が足りないのは、怪我のせい？」

「いや、たぶん違うな。血虚は、普段食べているものだとか、眠り始めの刻限や眠りの長さみたいな、日頃の暮らしの積み重ねによって起こってしまうことが多い。昔は恋煩《こいわずら》いと言われていたようなのも、調べてみたら血虚だったりする」

「恋煩いということは、相手のことを思い描いたら、胸がいっぱいになって食べ物が喉を通らないとか、夜も眠れないとか？」

「そう、それだ。ただ、何かを思い煩うせいで食ったり寝たりがめちゃくちゃになるのは、何も恋をしているときに限らないよな。この人も悩みを抱えているのかもしれない。まあ、俺は医者ではないから、診立て違いということもありうるが。いや、ある程度は合っていると思うんだが」

　将太は手元に自筆の帳面を置いている。京での遊学の折に医者に弟子入りして教わった、医術のいろはを記した帳面だ。

　血虚で倒れた者が出たときや、子供が高熱でひきつけを起こしたとき、怪我や火傷の処置の仕方など、すぐに使える身近な医術は、この一冊にまとまっている。手当ての難しい病や怪我と見分けたら、なるたけ早く医者に引き継ぐこと。その見分け方についても書いてある。

られる。

「心配ですね」

「うん、心配だ。どうしてあげるのがいちばんいいのか……」

将太は、わからんと言いつつも落ち着いている。だから、理世も動転せずにいられる。


部屋に運び込んですぐは、ちょっと混乱した。

まず娘の晒を取ってみたところで、理世も将太も思わず声を上げてしまったのだ。

「きゃあっ、ひどか！」

「な、何だ、この傷？」

娘の顔に、刃物で切られたとおぼしき傷が幾筋も走っていた。しかも、血の流れるままに放っておかれ、その上にごく緩く晒が巻かれていたせいで、おおよそ乾いた血が顔じゅうに歪《いびつ》な模様を描いている。晒もまだらに赤くなっていた。

桶に湯を張って持ってきたカツ江が、すかさず手ぬぐいを湿し、娘の顔を拭った。

「ああ、やっぱり。将太坊ちゃま、ご覧ください。深い傷ではありませんよ。顔の傷は、浅くとも血がたくさん出るものです」

きれいに血が拭われると、傷の様子が明らかになった。ごく薄い、切れ味のよい刃物の傷だ。

「剃刀《かみそり》か？」

将太が顔をしかめて言う。

いずれにせよ、脈をとってみようとして、将太はびくりと動きを止めた。理世も隣で見ていたから、ぎょっとした。

娘の左腕は傷だらけだった。手首から肘の内側にかけて、刃物によるものとおぼしき細く赤い傷が、数えきれないほど刻まれている。中には、まだ新しい傷もあるようだ。

「血のにおい……」

娘を駕籠から降ろしたときに感じた血のにおいは、これだ。顔と腕の傷。もしかしたら、ほかにもあるのかもしれない。

カツ江が冷静に、新しい手ぬぐいで腕の傷の血を拭った。

「こちらも、浅い傷ばかりです。こちらのお嬢さんは、色が白うございますからね。腕の内側の特に白いところにできた傷は、よく目立ちます」

「この傷、誰かに襲われたのかしら？」

「どうでしょうか。これが真実である、と断ずることは、今のあたくしどもには難しゅうございますよ。ねえ、将太坊ちゃま。今はただ、患者さまのお体と向き合わなくては」

カツ江に諭された将太は、すぐに落ち着きを取り戻した。

「そうだな。さっき脈を調べたときは右の手首で診たから、こちらの傷を見落としていた。だが、深い傷も膿《う》んだ傷もない」

「膏薬《こうやく》をお持ちします。新しい晒は、そちらの棚にございますので」

カツ江はそう告げて、血で汚れた湯の桶と手ぬぐいを持って、部屋を離れていった。入れ替わりに、別の女中が部屋の外に控えた。

将太はまず自室へ医術の帳面を取りに行って、それから、できる限りの手当てを始めた。

「俺には、薬の調合はできない。込み入ったこともわからない。ただ、目の前の患者ができるだけ楽な過ごし方で医者の訪れを待てるよう、手助けするだけだ」

訥々とした口調で言いながら、将太は、娘の冷えた手を両手でそっと包んでやった。

屋敷がにわかに騒がしくなった。お帰りなさいませ、という声が聞こえる。

理世は顔を上げた。

「母上さまだわ」

部屋の外で控えていた女中が、すぐさま君恵に知らせに行ったらしい。君恵のしなやかな足音がまっすぐこちらへ近づいてきたと思うと、障子の向こうから声が掛かった。

「出先から戻りました。入りますよ」

「はい、母上さま」

応じたのは理世だった。

将太は、びくりと跳ねるようにして障子のほうに向き直り、居住まいを正して顔を伏せた。

障子が開いた。君恵が、まさにたった今、頭巾と袖合羽《そでかっぱ》を女中に渡したという姿で、そこにいた。

「患者さまがいらっしゃったと聞きました。将太が診てくれていたのですね」

「は、はい」

「若いお嬢さんで、顔と腕に剃刀による浅い切り傷がたくさんある、と。血虚らしき様子で、気を失ったまま、目を覚まさないのですね」

「そのとおりです」

君恵は娘の枕元へと膝を進めてきた。そのぶん下がった将太は、壁際でうなだれている。まるで悪いことや間違ったことをしてしまったかのようだ。

理世は、娘の顔をのぞき込む君恵に尋ねた。

「母上さま、こちらの患者さまのこと、ご存じなんですか?」

君恵はため息をついた。

「大伝馬町《おおでんまちよう》にある呉服屋のお嬢さんで、おれんさんとおっしゃいます。歳は十六。前は丞庵が診ていましたが、半年ほど前に臣次郎が代わることになりました。決まった日に往診するのではなく、都合がつくときにお店に寄って、おれんさんと話をするようにしているはずです」

「では、おれんさんは今日、丞庵兄上さまか臣次郎兄上さまを頼って、ここまで来られたのかしら。重い病なのですか?」

君恵はわずかに首をかしげた格好で、理世の問いに即答するのを避けた。答えにくい問いだったらしい。将太を手招きする。

「こちらにいらっしゃい、将太。慌てず、正しい処置をしたようですね。よくやってくれました」

将太はなおもうつむいている。君恵の手招きにも気づいていないのかもしれない。

「お、俺が、本当にちゃんとできていたのか、自信はありません……ただ、体が冷えていて、寒そうで、放っておけなかった。傷が痛そうなのも見ていられなくて……」

「十分です。体を温めるか冷やすか、気や血や水を止めるか流すか、その判断を素早く正しくおこなうだけで、病や怪我の経過がずいぶん変わります。将太、あなたは、卯之松が怪我をしたときもきちんとできましたね。立派です」

幼子に説き聞かせるような口調だった。がちがちに固まっている将太の肩が、吐く息とともに、いくらか動きを取り戻した。

「兄上たちは、いつ戻りますか？　調薬となると、俺にはわからないので……」

「もうじき戻るのではないかしら。でも、臣次郎の話では、おれんさんには特別な薬など出していないはずですよ。病を治す手立ては、薬を飲むことだけではありませんからね」

「それなら、今、この人の心身を楽にするためには、何をすれば……？」

たどたどしい将太の言葉に、君恵はまた首をかしげた。どうしたものでしょうね、と言わんばかりの仕草だ。しかし、その口が発する言葉は、常のとおり芯が通ってきびきびしていた。

「切り傷の正体には、あなたも気づいていたのではないかしら。他人につけられた傷ではないのです。おれんさんは自分で自分を傷つける癖をお持ちなの。剃刀で体に傷をつけるのも、食べることや眠ることを拒むのもそう」

理世は我知らず、己の頰に触れていた。

「自分の顔を剃刀で傷つけるなんて、なぜそんなことをしてしまうのですか？」

「始まりは、嫌な縁談を拒むために顔を傷つけたことだったそうです。けれど、縁談が立ち消えになっても、おれんさんが己を傷つける振る舞いは落ち着きませんでした。親御さまも困ってしまわれて、わたくしどもに相談してきたのです」

将太が顔を上げた。大きな目には、はっきりと、悲しみの色がある。

「なぜ……そんな、自分で自分を傷つけて苦しめるとは……縁談という問題は除かれたのに、一体なぜ、一体どんな苦しみを抱えているせいで、こんなにひどく自分を追い詰めてしまうんでしょう？　自分で自分を病にしてしまうほど、何がそんなに苦しいんでしょう？」

戸惑いながら問う声は、泣きだす直前のように揺れていた。

自分で自分を追い詰めて病を発してしまった、見も知らぬ娘の来《こ》し方《かた》に、将太は何か感じ取るところがあるのだろうか。なぜと理世も問いたくなった。なぜ、まるで自分のことのように、兄さまはそんな悲しそうな顔をするの？

ふと。

将太が問いを投げかけたのが通じたかのように、おれんが、かすかに呻いた。

思わず息を詰めて見守っていると、今度ははっきりと、おれんが口を開いた。

「あ……」

か細い声に続いて、まぶたが開かれる。ぼんやりと、うまく焦点が合っていない目だ。が、それでも、おれんは自分のいる場所を何となくわかっているらしかった。

「臣次郎先生？」

聞き取れるかどうかぎりぎりのささやき声だ。蛾《が》の触角《しょっかく》のように長いまつげがまたたく。将太のほうを見ようとしている。

将太が膝を進めてきて身を乗り出し、おれんの枕元に片手をついた。揺れるまなざしをつかまえるように、おれんの顔を正面から見下ろす。

「すまない。兄の臣次郎は、まだ戻っていない。俺が兄の代わりに……いや、代わりにもならんが、とにかく、少し看病をしていた」

「あなたは、将太さま？」

「ああ。兄から聞いているか」

「聞いてるわ。そう、将太さまが、あたしを運んでくれたのね」

「放っておけなかったんだ。あまりに具合が悪くて、気を失ったんだろう？　傷も、こんなにたくさんあったら、痛んでつらいだろう？　苦しいのは駄目だ。何とかして、よくなったほうがいい。そうでないと、俺は……ただ見ていることしかできないが、俺はつらい」

おれんの目が見開かれた。たちまち涙で潤んだその目は、ただ将太だけを映している。

「離れないで。そばで見ていて。あたし、一人になるのが怖い。自分が自分でなくなるときがあって、気がついたら、こんなに傷が……」

弱々しい手が持ち上げられる。将太が膏薬を塗り、きれいな晒を巻いてやった左腕だ。白い晒は、赤い傷とはまた違った痛々しさがある。

震えながらさまよう手を、将太がそっと握ってやった。

おれんの目から涙があふれた。

「温かい手」

将太は黙っておれんを見つめている。大きな手はすっぽりと、おれんの手を包み込んでいる。

おれんが涙ながらに訴えた。

「お願い、ここにいて。あたしのそばにいて、助けて」

おれんの求めに、将太は黙ってうなずいた。

理世は、首筋の毛が逆立つのを感じた。そのわけを自分の胸の中に探る。いちばん近いものを言葉で表すならば、怒りだ。

将太とおれんの手を引き離したい衝動に駆られている。だって、これでは、将太が女の涙に丸め込まれているかのようだ。

きっと、おれんは臣次郎の気を惹くために、こっそり家を出て、駕籠かきにも名を告げず、大平家を訪ねてきたのだ。臣次郎がいない代わりに、こうして将太の手を握っているわけだが。

いや、おれんが血虚を患っているせいで具合が悪いことは、疑いようのない真実だ。脈や呼吸は偽《いつわ》りようがない。将太が帰ってくるより前、理世もおれんの脈を診て、とてもではないが健やかと言えないことを確かめていた。

とはいえ。しかしながら。そうは言っても。

まるで悲劇の主役であるかのように、おれんは将太の手を頬に当てて、さめざめと泣いている。

君恵が女中を呼び、用人の桐兵衛におれんの家へ渡りをつけさせるよう命じた。ばたばたと女中が去っていく。おれんが目覚めたという知らせを受け、医者たちがいまだ戻らぬ大平家の屋敷は、奉公人たちが騒然としている。

理世は、はたと気がついた。

「将太兄上さま、夕餉もまだでしょう?」

「ああ、そういえば」

「わたし、今から台所へ行って、すぐに支度をしてもらいます。ちゃんと食べないと、体に毒ですよ」

理世はさっと立ち上がったが、将太の返事は曖昧《あいまい》だった。

「うん……だが、臣次郎兄上も戻られていないし、今は……」

おれんの手を振りほどいて夕餉を食らうわけにはいかない、というわけだ。

ちらりと、おれんが理世を横目で見やった。その濡れた目元に勝ち誇ったような笑みが浮かんだのを、理世は確かに目撃した。

四

十二月十五日。

矢島道場では毎年この日に餅つきをする。門下生が勢揃いして朝から精を出すのだ。自分たちの正月の支度のみならず、近所や勇源堂の筆子の家からも頼まれてあるので、凄まじい量の餅を次から次へとついていくことになる。

朝から大騒ぎの矢島道場に、理世も朝餉をとってすぐに手伝いに行った。

昨日降った雪がまだ解けずに積もっている。それを掻き寄せて臼《うす》を置けるようにするところから始まった。理世も千紘と一緒に、男たちが力仕事をするそばで、こまごまとした雑用をこなした。おしゃべりをしながらである。

「理世さんも『忠臣蔵《ちゅうしんぐら》』はわかるかしら？　江戸では冬の風物詩《ふうぶつし》なのだけれど。藩の取り潰しのためにお役を解かれて浪人となってしまった家臣たちが、主君の没落の原因となった相手を、敵《かたき》とみなして討ちに行った。その出来事をもとに、いろんなお芝居や講釈なんかが作られていて」

「知ってます。赤穂藩《あこうはん》の大石内蔵助《おおいしくらのすけ》たち四十七士が、切腹した主君の浅野内匠頭《あさのたくみのかみ》の無念を晴らすために、お城のお勤めで内匠頭の上役だった吉良上野介《きらこうずけのすけ》の屋敷に討ち入りしたのですよね」

「そう。討ち入りを果たしたのが十二月十四日の夜更けで、十五日の朝には芝《しば》の泉岳寺《せんがくじ》にある主君の墓前に仇討ちを成《な》し遂《と》げたことを知らせに行った。実は、討ち入りがあった吉良上野介の屋敷は、このすぐ近所だったそうなの」

理世はびっくりした。

長崎にいた頃、歌舞伎《かぶき》の『仮名手本《かなでほん》忠臣蔵』をもとに手を加えたという講釈を聴いたことがあった。子供向けに短くまとめられた草双紙も読んだことがあった。主立《おもだ》った役者の名や、松の廊下や南部坂《なんぶざか》や泉岳寺といった場所の名も覚えていたが、頭に切絵図《きりえず》を思い描くことはできずにいた。

「吉良邸はこの近所？　それじゃ、百何十年か前の今日、ちょうど今頃は、討ち入りした浪人たちがこのあたりから芝へ向けて、大川沿いを歩いていたということですよね？」

「歩いていた頃か、そろそろ泉岳寺に着いた頃か。いずれにしても、確か百二十年余り前だったと思うけれど、その頃の本所相生町はまだ武家屋敷もまばらで、ひとけのない寂しいところで、夜討ちにはもってこいのありさまだったらしいわ」

「まあ、すごい！　じゃあ、矢島家のお庭で雪を踏んで歩いたら、討ち入りの場面で必ず描かれる足音、ざっざっざっざっざっ、と雪を踏みながら迫ってくる足音と限りなく近いということですよね！」

思わず、はしゃいでしまった。

長崎の町は土地が狭く、店も家もぎゅっと密集して建っている。庭つきの武家屋敷というのが身近ではなかったので、そのぶん、炭小屋に隠れた吉良上野介を追い詰める足音が印象に残っていた。

武器を手にした大の男たちが、ざっざっざっざっ、と雪を鳴らしながら走って回れるほどの広い庭。

なるほど確かに、この矢島家の庭なら、そういう足音が鳴らせるだろう。もちろん大平家でもできそうだ。

「あら、もうそろそろなのかしら？」

千紘が台所のほうを見やった。老いてなお元気いっぱいの矢島家女中のお光《みつ》が、庭の皆に向けて声を上げた。

「最初のもち米が蒸しあがりましたよ！　各々《おのおの》がた、よろしくお願いしますね！」

雪かきを終えた男たちが、おう、と気合いの入った返事をした。

大きな臼が二つ、庭の真ん中に据えられている。つき上がった餅を入れる木箱や、丸めたり餡餅《あんもち》にしたりするための台なども、次々と支度が整っていく。

すでにうっすらと汗をかいている与一郎が高らかに告げた。

「さあ、今年も餅つきを始めるぞ！」


時が飛ぶように流れるのは、忙しくも楽しいからだった。

理世たち女衆は、もち米を蒸したり、餅を丸めたり、重さを量って注文どおり取り分けたりと、ばたばた働き続けている。男衆の中でも、力仕事に疲れた者や、杵《きね》を扱うには幼すぎる者、寅吉のように初めから女衆の手伝いをするのを決めていた者が、一緒に仕事をしてくれる。

慌ただしく手を動かしながらも、理世は時折目を上げて、威勢よく餅つきをする男衆の姿を見物した。

暑がりなのか見せたいのか、餅つきの男衆は皆、肌脱ぎになって、実に立派な裸身をさらしている。そのためか、門のところに見物人が集まってきている。

台所に水を飲みに来た龍治が、自身も肌を剝き出しにした格好で、庭の真ん中のほうを振り向いて、苦笑交じりにつぶやいた。

「相変わらず、将太の体はすげえな。くっきりとして左右差の少ない、あのきれいな肉づきは、うちの道場でも文句なしの一番だ」

理世は嬉しくて、つい前のめりになってしまった。

「やっぱりそうですよね！　わたしが贔屓の目で将太兄上さまを見てしまうからではないんですよね」

龍治はおかしそうに含み笑いをした。

「将太のこと、そんなに贔屓にしてるのか」

「もちろんです。自慢の兄上さまなんですから」

弾んだ気持ちでそう言ったときだった。

威勢のよい掛け声の応酬《おうしゅう》がやんだと思ったら、庭じゅうの人々が動きを止めた。将太もぽかんとして、門から入ってくる誰かのほうを見ている。

龍治が眉をひそめた。

「誰か来たのか。しかし、何なんだ？」

さっと台所を離れていく龍治を追って、理世も庭に戻ってみた。そして、立ちすくんでしまった。

顔に晒を巻いた、死に装束のような白い着物姿の若い娘が、荷をかついだ手代《てだい》を従えて立っている。娘が名指しして訪ねてきた相手こそ、ちょうど杵を振るっていた将太だった。

将太はいったん杵を下ろし、帯に挟んだ手ぬぐいで顔や首筋の汗を拭って、娘に向き直った。

「おれんさん、もう出歩いて大丈夫なのか？」

「ええ。おかげさまで、この数日は調子がいいの。先日はどうもありがとう、将さん」

おれんは微笑んだ。

理世は鳥肌が立つのを感じた。「将さん」ですって？ ずいぶんと馴れ馴れしい口ぶりで、「将さん」？

先日、大平家を訪れたときにも騒ぎを起こしたおれんは、夜更けに迎えが来たときにもひと悶着《もんちゃく》を起こした。帰りたくないと泣いて取り乱し、将太にすがりついたのだ。

そのときは、おれんの着物ははだけていた。夜着で辛うじて肌を隠し、細い腕には晒が巻かれている。顔には涙と血がにじんでいる。そんな異様な姿に、迎えに来た手代は目のやり場をなくし、すがりつかれている将太も真っ赤になって困り果てており、見るに堪えなかった。

ちょうど出先から帰ってきた臣次郎が、いかにも慣れた様子で対処した。おれんに臣次郎自身の羽織を着せかけてやりながら、なだめすかしておとなしくさせたのだ。おれんは朝になってから駕籠で帰るということで約束し、手代と駕籠かきも大平家で夜を明かす運びとなった。

一連の騒動を見守った後、理世は臣次郎に文句を言った。

「臣次郎兄上さまがあんなふうに甘やかすから、あの人、ここに来てしまったんですよ」

「理世の言うとおり、甘やかすべきではないのかもしれない。確かにそうなんだが、それでもねえ……」

歯切れの悪い答え方をして、臣次郎は苦笑した。もう苦笑しか出てこない、といった様子だった。

そう、初めは臣次郎だったはずなのだ。おれんが助けを求めていた相手は、将太ではなく臣次郎。それがいつの間にか替わっていた。翌朝の帰り際にはすでに、おれんは将太のほうにこそ特別なまなざしを送っていた。

　そしてまた、今日である。

　まるで将太と約束をしていたかのような、ごく当然といった顔をして、おれんは矢島道場の面々の前に現れた。

　細く裂いた晒は額や頬の傷をうまく隠し、そのぶん、潤んだ目元や赤い唇を際立たせている。皆の目があるというのに、将太との間合いがやたらと近い。

　道場の門下生で勇源堂の筆子の淳平が、おお、と声を漏らした。

「将太先生がおなごに持てて持てる。いや、そんな日が近いうちに来る気がしていたけれど」

　おれんが手代に持たせてきたものは、餅つきの差し入れの菓子だそうだ。将太の様子を見るに、餅つきのことを知らせていたわけではないらしい。

　もちろん理世も教えていない。おれんと話しようがなかったのだ。

　あの騒動の夜、理世が将太に代わっておれんの世話をしようとしたが、すぱっと拒まれた。おれんは将太か臣次郎としか口を利こうとせず、夜通しの付き添いも女中だけでは嫌だと駄々《だだ》をこねた。

　さんざんわがままを言われて振り回されたというのに、将太は怒るどころか、苛立つことさえしなかった。

　今だって、おれんの急な訪れに戸惑いつつも、差し入れまで持ってきたことを、素直に喜んでいる。

「芋や栗の砂糖漬けの菓子？　そんな上等なものを道場の皆に振る舞ってくれて、ありがとう。今日は一日じゅうこんな様子だから、一口でつまめる菓子は嬉しいな」

「将さん、肌脱ぎになって寒くないの？」

「ちっとも。むしろ暑いくらいだ」

「そう。だけど、誰にでも見せてしまうのは、何だか口惜しいわ」

　理世は、鳥肌が立った腕をさすった。将太の肌を独り占めにしたいとは、恋仲か許婚《いいなずけ》にでもなったつもりなのだろうか。

　おれんの思わせぶりな台詞を受けて、おもしろがった門下生たちが将太の脇腹を肘でつついたり、背中を平手で叩いたりし始める。冷やかしのにやにや笑いが広がっていく。勇源堂の筆子もこの場にいるというのに。

　龍治が潮時と見たか、輪の中心に入っていった。ぽんぽんと手を打って、始まりかけた騒ぎを収める。

「そろそろ餅つきに戻ろうか。さっさとやっちまわねえと、つきかけの餅が駄目になる」

将太が慌てて杵を持ち直した。

「すぐ再開しましょう。餅が駄目になってしまっては、えらいことです。道場の餅を待っている人は大勢いるんですから」

「おう、頼むぞ。さあ、皆、持ち場に戻ってくれ」

将太と龍治がおれんに断りを入れ、餅つきの仕事を再開する。おれんは手代に何か指図すると、今日初めて、まっすぐに理世を見た。

理世は会釈し、目をそらそうとした。が、そうはいかなかった。おれんがぐるりと庭を巡って、こちらへやって来たのだ。理世は逃げるわけにもいかず、おれんがそばに来るのを待った。

おれんは理世を見下ろして、にっこり微笑んだ。

「先日はどうも。お世話になったわね」

「どうも。今日はお元気そうで」

「ええ。将さんがあたしの目を見て、あたしが傷ついていたらつらい、と言ってくれたおかげ。あのときのことを思い出すと、弱いあたしもほんの少し強くなれる気がする。この腕を切り裂く痛みがなくても、自分が生きていることを確かめていられるの」

おれんは、晒の巻かれた左腕を袖からのぞかせた。傷のあるあたりを、細い指先でなぞってみせる。

理世は、思いのほか背が高いおれんを見上げた。

ほっそりと儚《はかな》げな体つきを白い着物に包んだ、拭いようのない陰のある娘。将太が贔屓と言っていた凛烈修羅の簫雪姫に、おれんは似ている。おれんの身に巻きつくのは、一陣の吹雪ではなく、真っ白な晒だけれど。

「将太兄上さまは、どうしようもなく優しいんです。傷ついている人がいたら、放っておけない。それは将太兄上さまにとって当たり前のことなんですよ」

だからあなただけが特別なわけではないのだ、と理世は暗に告げた。

嫌な言い方だ、と自分でも思った。だが、どうしても止められなかった。おれんに愛想笑いをしてみせながら、明るい声音で意地悪な気持ちを覆い隠して、言ってしまった。

胸の奥がじくじくと痛む。ただれた傷のような痛み方だ。

おれんは首をかしげ、笑みを深くした。紅《べに》を差した唇が白い肌に映え、理世の目を惹きつける。おれんは身を屈めて理世の耳元に口を寄せると、ささやいた。

「あなた、将さんの妹よね。お兄さんのこと、とっても大切に思っているのねえ。わかるわ。だって、将さんは素敵ですもの。独り占めにしたいわよね。でも、妹の立場ではどうにもならないことって、あるでしょ?」

血の気が引いた。顔色が変わるのがわかった。

耳元で、おれんがくすっと笑った。その甘い響きに、ますます体が冷えていく。

おれんは内緒話の間合いから離れた。まるで気兼ねのない友達同士であるかのように、弾んだ調子を装って、皆に聞こえる声音で言う。

「今日はもう帰るわ。暮れは何かと慌ただしくて、今年のうちにはもう会えないかも。ねえ、お正月のこと、後でまた将さんにも手紙で尋ねてみるけれど、あなたからも言っておいてくれない? よかったら一緒に初日の出を見ましょうって」

おれんの言葉は、思わせぶりな欠けがある。わざとだ。

一緒に初日の出を見るというのは、理世やほかの誰かを含む皆で一緒にということなのか、それとも、将太とおれんの二人で一緒にということなのか。

後者だとするなら、なぜ理世を介して将太にその旨を尋ねようというのか。

将太の威勢のいい掛け声が聞こえてくる。おれんがそちらへ目を向ける。ほんのりと紅を刷《は》いた目元。その横顔からは、晒などでは覆い隠せないほどの、熱く絡みつくような情が見て取れる。

きっと、兄さまはまだ、ちゃんと気づいてはいない。俺は人の心の機微には疎《うと》いなどと言って初めからあきらめているから、気づきようがないのだ。

教えてやるもんか、と理世は思った。

兄妹で交互に綴る日記を通じて、将太が目と耳をふさいで拒んでいることを、正直に書いて教えてきた。大平家の両親と兄たちの様子を伝えてきた。兄さまはきっと知るのが怖いはずだとわかっていても、あえて書くようにしてきた。

でも、おれんのことは、決して書いてやらない。

理世は口を開いた。

「将太兄上さまのこと、傷つけないでね」

意を決して発したはずの言葉は、しかし、自分でもびっくりするほど弱々しく震えていた。

この作品は双葉文庫のために書き下ろされました。

双葉文庫

は-38-12

義妹《いもうと》にちょっかいは無用《むよう》にて❷

2024年1月10日　第1刷発行

【著者】
馳月基矢《はせつきもとや》
©Motoya Hasetsuki 2024
【発行者】
箕浦克史
【発行所】
株式会社双葉社
〒162-8540 東京都新宿区東五軒町3番28号
［電話］03-5261-4818(営業部)　03-5261-4833(編集部)
www.futabasha.co.jp(双葉社の書籍・コミックが買えます)
【印刷所】
中央精版印刷株式会社
【製本所】
中央精版印刷株式会社

【フォーマット・デザイン】
日下潤一

ISBN978-4-575-67190-2 C0193
Printed in Japan

馳月基矢《はせつきもとや》
拙者、妹がおりまして①
長編時代小説〈書き下ろし〉
学問優秀、剣の達者、弱点……妹!? 本所に住まう小普請組の兄妹を中心に、悩み深き若者たちの成長を爽やかに描く、青春シリーズ開幕!

馳月基矢《はせつきもとや》
拙者、妹がおりまして②
長編時代小説〈書き下ろし〉
おなごばかりを狙う女盗人が現れた。岡っ引きの山蔵親分から囮役を頼まれた千紘は危険な捕物に加わることになり――。シリーズ第2弾!

馳月基矢《はせつきもとや》
拙者、妹がおりまして③
長編時代小説〈書き下ろし〉
親友の龍治と妹の千紘の秘めた想いを知った勇実。思わぬ成り行きに戸惑うなか、白瀧家の屋敷に怪しい影が忍び寄る。シリーズ第3弾!

馳月基矢《はせつきもとや》
拙者、妹がおりまして④
長編時代小説〈書き下ろし〉
勇実とかつて恋仲だったという女が白瀧家を訪ねてきた。驚いた千紘はすげなく追い返してしまう。勇実の心は? 人気時代シリーズ第4弾!

馳月基矢《はせつきもとや》
拙者、妹がおりまして⑤
長編時代小説〈書き下ろし〉
手負いの吉三郎は生きていた。復讐に利用するため、おえんに接近する。傷つきながら成長する「江戸の青春群像」時代小説、第5弾!

馳月基矢《はせつきもとや》
拙者、妹がおりまして⑥
長編時代小説〈書き下ろし〉
人生において、誰の手を取るのか。春を迎え、収録四話のすべてにそれぞれ違う恋の話が咲いています。絶好調書き下ろし時代シリーズ!

馳月基矢《はせつきもとや》
拙者、妹がおりまして⑦
長編時代小説〈書き下ろし〉
総勢8名で箱根に楽しい温泉旅～♪と思ったらお山は何やら不穏な空気。怪盗・鼠小僧まで現れて一行は大捕物に巻き込まれた!

馳月《はせつき》基《もと》矢《や》

拙者、妹がおりまして⑧

長編時代小説〈書き下ろし〉

嵐で帰れなくなった勇実と菊香は船宿に泊まることに。二人の仲がこれで一気に深まるかと思いきや、その夜に事件が起きた！

馳月《はせつき》基《もと》矢《や》

拙者、妹がおりまして⑨

長編時代小説〈書き下ろし〉

大平家が養子をもらい、将太に突然妹ができた。そしてその妹にひと目惚れをしてしまった⁉ 好評時代シリーズ第9巻！

馳月《はせつき》基《もと》矢《や》

拙者、妹がおりまして⑩

長編時代小説〈書き下ろし〉

火牛党の襲撃で勇実が斬られて意識不明の状態が続く。菊香、千紘、龍治、琢馬、それぞれが深く思い定め——感動が押し寄せる最終巻！

馳月《はせつき》基《もと》矢《や》

義妹《いもうと》にちょっかいは無用にて①

長編時代小説〈書き下ろし〉

大平家の養女となった理世。大平将太は突然できた美しい妹にひと目惚れ！ あくまでも兄として理世を守る！ 江戸の青春物語、開幕！

藤原緋沙子

藍染袴《あいぞめばかま》お匙帖

風光る

時代小説〈書き下ろし〉

医学館の教授方であった父の遺志を継いで治療院を開いた千鶴が、旗本の菊池求馬とともに難事件を解決する。好評シリーズ第一弾。

藤原緋沙子

藍染袴《あいぞめばかま》お匙帖

雁渡《かりわた》し

時代小説〈書き下ろし〉

押し込み強盗を働いた男が牢内で死んだ。牢医師も務める町医者千鶴の見立ては、烏頭による毒殺だったが……。好評シリーズ第二弾。

藤原緋沙子

藍染袴《あいぞめばかま》お匙帖

父《ちち》子《こ》雲《ぐも》

時代小説〈書き下ろし〉

シーボルトの護衛役が自害した。長崎で医術を学んでいたころ世話になった千鶴は、シーボルトが上京すると知って……。シリーズ第三弾。

藤原緋沙子
藍染袴《あいぞめばかま》お匙帖
紅《あか》い雪
時代小説〈書き下ろし〉

千鶴の助手を務めるお道の幼馴染み、おふみが許嫁の松吉にわけも告げず、吉原に身を売った。千鶴は両親のもとに出向く。シリーズ第四弾。

藤原緋沙子
藍染袴《あいぞめばかま》お匙帖
漁《いさ》り火《び》
時代小説〈書き下ろし〉

岡っ引の彌次郎の刺殺体が神田川沿いで引き上げられた。半年前から前科者の女衒を追っていたというのだが……。シリーズ第五弾。

藤原緋沙子
藍染袴《あいぞめばかま》お匙帖
恋指南
時代小説〈書き下ろし〉

小伝馬町に入牢する女囚お勝から、娑婆に残してきた娘の暮らしぶりを見てきてほしいと頼まれた千鶴は、深川六間堀町を訪ねるが……。

藤原緋沙子
藍染袴《あいぞめばかま》お匙帖
桜紅葉《さくらもみじ》
時代小説〈書き下ろし〉

「おっかさんを助けてください」。涙ながらに訴える幼い娘の家に向かった女医桂千鶴の前に、人相の悪い男たちが立ちはだかる。

藤原緋沙子
藍染袴《あいぞめばかま》お匙帖
月の雫
時代小説〈書き下ろし〉

美人局にあった五郎政の話で大騒ぎとなった桂治療院。そんな折り、数日前まで小伝馬町の牢にいた女の死体が本所竪川の土手で見つかる。

藤原緋沙子
藍染袴《あいぞめばかま》お匙帖
貝紅
時代小説〈書き下ろし〉

桂治療院に大怪我をした男が運び込まれた。清治と名乗った男は本復して後も居候を決め込む。優男で気が利く清治には別の顔があった。

藤原緋沙子
藍染袴《あいぞめばかま》お匙帖
雪婆《ゆきばんば》
時代小説〈書き下ろし〉

茶漬け屋の女将おつるが売った〃霊水〃で下痢の患者が続出する。妖艶で強かなおつるに不審を抱く千鶴。やがて思わぬ事件が起こる。

藤原緋沙子　藍染袴《あいぞめばかま》お匙帖　あま酒
時代小説〈書き下ろし〉

往診帰り、浅草寺境内で若者に痛めつけられる老爺を救った千鶴。その老爺、平蔵は手相をみる評判の掃除夫で不思議な品格を纏っていた。

藤原緋沙子　藍染袴《あいぞめばかま》お匙帖　藁《わら》一本
時代小説〈書き下ろし〉

弟を医者にすべく必死で仕送りする姉。だが弟は修業先から逃げていた。姉の病を診た千鶴は弟に手を差し伸べるが思わぬ事件へと繋がる。

藤原緋沙子　藍染袴《あいぞめばかま》お匙帖　色なき風
時代小説〈書き下ろし〉

茶問屋の一人娘おふきが父無子を産もうとしていた。往診した千鶴は主庄右衛門の苦悩を見かねて子の父親探しに協力するも、不測の事態が。

藤原緋沙子　藍染袴《あいぞめばかま》お匙帖　雨のあと
時代小説〈書き下ろし〉

女医の桂千鶴は、元女郎のおつねの切実な願いを叶えるため、奔走する——。累計百万部突破の超人気シリーズ、待望の第十四弾！

朝井まかて　残り者
長編時代小説

大奥、最後のとき。なにゆえ五人の女中は、御殿にとどまったのか⁉　激動の幕末を生きぬいた女たちの物語。

中島要　うき世櫛《よぐし》
連作時代小説

抜群の腕をもつ女髪結いとけなげに修業する若い弟子。髪に込められた想いを通して、二人は悩める江戸の女を救う。傑作時代小説。

池波正太郎　元禄一刀流
時代小説短編集〈新装版〉

著者が著した短編で、文庫未収録だった作品を厳選して文庫化した作品集の新装版。読みごたえたっぷりで、おもしろさも抜群！